AF393907

Jana Beek

Sternengrau

Roman

Bibliographische Information der Deutschen Nationalbibliothek: Die Deutsche Nationalbibliothek verzeichnet diese Publikation in der Deutschen Nationalbibliographie, detaillierte bibliographische Daten sind im Internet über dnb.de abrufbar.

TWENTYSIX – Der Selfpublishing-Verlag
Eine Kooperation zwischen der Verlagsgruppe Random House und BoD – Books on Demand

Herstellung und Verlag: Books on Demand, Nordenstedt

ISBN: 9783740727376

Cover: Jana Beek
Layout: Marcel Schumann

-1-

Der Himmel schimmerte silbrig grau, fast schon metallisch, wölbte sich über die Stadt wie ein Geschwür und brachte die Luft zum Stehen. Ich floh durch die Straßen und sah in den Pfützen die erdrückenden Wolken über mir schwelen.

Als ich schon im Zug saß, kam der nächste Regenschauer und mit ihm das ganze Ungetüm der Troposphäre nieder. Die Tropfen fahl und träge, knisterten leise wie offene Elektrokabel und hinterließen eine sublime Spannung auf der ganzen Erdoberfläche.

Vielleicht waren es auch die Überreste des Sonnensturms, der vor gut zwei Wochen vorbeigefegt war. Ich suchte den Himmel immer noch reflexhaft nach roten Wolken ab, doch es war seitdem grau geblieben, als wäre alle Farbe ausgewaschen worden. So wie der kalte Metallboden unter mir. Stunden oder Tage saß ich darauf und wollte mit dem dumpfen Rattern einfach nur weit weggetragen werden. Weg von allem, weg von dieser Stadt. Weiter in den Norden. Oder Osten. Ich kannte die Route noch nicht einmal. Wichtiger war, dass niemand wusste, wo ich mich aufhielt und ich digital keine Spuren hinterließ. Das erste Mal im Leben hatte ich mein Laptop nicht bei mir.

Elektronische Kommunikation interessierte mich so sehr wie die Känguru-Population in Australien. Ich wollte gar keine Kommunikation mehr. Hatte die letzten zwei Wochen darauf hingearbeitet. Erstmal abgewartet, bis meine Wunden halbwegs verheilt waren. In dieser Zeit versucht, so wenig Fragen wie möglich zu beantworten. Der Ansturm war riesig. Jeder wollte wissen, was passiert war. Ich konnte nichts dazu sagen. Und nur noch fliehen, hoffentlich in eine Gegend, in der meine Person irrelevant war.

Bei einem kleinen Ort, dessen Namen und Lage ich nicht kannte, stieg ich aus und fragte mich durch, wo es die nächste Industrieanlage gab. Bei jeder menschlichen Siedlung musste es irgendwas geben, was hergestellt oder angebaut wurde, um es in die Gemeinschaft zu überführen. Sonst hätten diese Menschen keinen Anspruch auf andere Leistungen. Statt Industrie gab es hier vor allem Kartoffel- und Gemüsefelder, die gerade geerntet wurden. Ohne mich zu identifizieren reihte ich mich bei den anderen Helfern ein und stand den ganzen Tag auf dem Feld. Schlief nachts unter einem alten Kastanienbaum. Aß das, was die anderen weggeworfen hatten.

Ich wusste nicht, wie viele Tage vergingen. Es wurde kälter. Anders kalt als in Mitteleuropa, wo ich bisher gelebt hatte. Schon der erste Temperatursturz war beißend und versprach mehr davon. Die Ernte war abgeschlossen. Es ging jetzt um das Verpacken, Verladen und Versenden. Die ganzen Säcke mussten zur Bahnstation getragen werden, wurden dort gelagert. Das machten eigentlich nur noch Männer. Und ich. Mein Rücken schmerzte und fühlte sich verbogen an wie ein alter Besen, aber das war immer noch besser, als nichts zu machen.

Zum Glück sprach mich niemand an. Ich sah wohl abschreckend aus. Ungewaschen. Ungekämmt. Ohne Wechselkleidung. Wie die Vogelscheuchen, die auf den Feldern standen. Ich hatte beschlossen, diesmal keinen Rucksack mitzunehmen. Alles blieb bei Karlh, mein Laptop, meine Kleidung, meine Freunde. Bei einer kurzen Pause setzte ich mich an den Bahnsteig, der Schweiß lief mir über das Gesicht. Dachte an die friedliche Stimmung, die in der Wohnung lag, als ich sie verlassen hatte. Wie ein Verbrecher auf der Flucht fühlte ich mich. In so vielerlei Hinsicht. Wie eine Verräterin, die die anderen – meine Familie, Silas und Karlh – im Stich gelassen hatte. Und statt darüber zu sprechen, was mich so belastete und mir die Eingeweide umdrehte, lief ich weg. Ließ die anderen, die sich vielleicht sorgten, im Ungewissen. Wurde zum Landstreicher, der nicht mehr wirklich Ähnlichkeit zu einem zivilisierten Menschen aufwies.

Ich wischte mir den Schweiß aus dem Gesicht und stand wieder auf. Die Arbeit war ein probates Mittel, um diese Gedanken zu bekämpfen.

Immer wieder kamen Züge, um Kartoffeln, Zwiebeln und Rüben abzutransportieren. Die Nächte wurden länger und kälter. Der Winter begann, sein Versprechen einzulösen. Der Kastanienbaum kein geeigneter Wohnraum mehr. Schließlich sprang ich auf einen der letzten Kartoffelwaggons und ließ mich mitnehmen. Keine Ahnung, wohin.

Ich konnte nichts dagegen machen, dass gerade die Zugfahrten mich so nostalgisch werden und an die holprigen Reisen von vor ein paar Monaten denken ließen. Die Erinnerungen an die Menschen, Gespräche und Ereignisse ließen sich so schlecht verdrängen. Die Erinnerungen bohrten sich in meine Arme und Beine, ließen mich unruhig auf und ab laufen und im Schlaf hin und her wälzen. Trotz der Ängste und Schmerzen war alles so abenteuerlich und herausfordernd gewesen. Davon war nichts mehr übrig. Ich fühlte mich ausgemergelt, kalt und dunkel. Es gab nur noch ein Ziel. Irgendwo auf dieser Welt eine Ecke zu finden, in der ich unbemerkt mein Dasein fristen konnte.

Als nächstes machte ich Halt in einer Recycling-Anlage für elektronische Geräte. Alles, außer Computer, wurde dort hergestellt oder repariert. Das erste Mal in meinem Leben konnte ich mein Theorie-Ingenieur-Wissen praktisch anwenden. Der Einstieg fiel mir nicht leicht. Als man mich sah, gab man mir neue Kleidung. Das schien auch so eine neue Konstante in meinem Leben zu sein, dass meine Mitmenschen sich gezwungen sahen, mich neu einzukleiden.

Ich versuchte, mich irgendwie in die Arbeitsabläufe einzureihen. Zunächst einfache Aufgaben erledigen wie Kabel aus der Plastikummantelung zu schälen. Die einzelnen Materialien voneinander trennen. Meine Fingerkuppen wurden ganz taub davon. Bei der Fehlerdiagnose wurde es schon schwieriger, da war Teamwork gefragt, ich musste versuchen von den anderen zu lernen, da ich keinen Plan hatte. Lautsprecher, Waschmaschinen, industrielle Großgeräte. Dann kamen aber auch die Fragen. Woher ich kam. Warum ich mich nicht identifizieren wollte. Wieso meine Haare verfilzt waren. Ich zog mich zurück und merkte immer mehr, dass die anderen misstrauisch waren, über mich lachten oder Angst vor mir hatten.

Am letzten Tag kam jemand auf mich zu und fragte mich, ob ich Miera Shulze wäre. In der Halle voller Plastik und Metall wurde es ganz still. Ich sagte natürlich nein und sprang in die nächste Bahn.

Das Rattern des Zugs war etwas, das so vielschichtig war. Es war Fortbewegung, Sehnsucht und Maschine in einem. Neben der Internetverbindung die einzige Möglichkeit der Horizonterweiterung. Zu Fuß kam man ja nicht weit. Als ich klein war, flößte mir das Geräusch Respekt ein. Noch nie zuvor hatte ich so etwas Lautes gehört und Gewaltiges gesehen. Gleichzeitig kamen die Züge und die Passagiere sowie das Aufgeladene aus einer anderen Welt, waren wie Shuttles zwischen verschiedenen Galaxien. Ich konnte mir niemals vorstellen, jemals dieses Transportmittel zu nutzen, zu ungewiss schien mir so eine Reise. Lieber blieb ich in meinem Heimatort, in dem ich jeden herausgebrochenen Pflasterstein und zugewucherten Zaun kannte. Jedes bewohnte und unbewohnte Haus. Jedes Huhn und jede Gans, die über den Weg trippelten und sich was zum Essen suchten. Jede Wolke, die am Himmel vorbeizog und jeden Donner, der sich über meinem Kopf zusammenbraute.

Bevor ich auch nur den winzigsten Gedanken daran verschwendet hätte, jemals das alles zu verlassen, fing die nächtliche Schlafwandelei an. Als Vorzeichen, subtiler Hinweis meines Körpers auf… irgendwas. Ich wehrte mich lange dagegen.

Wollte doch einfach nur den Job meines Vaters in derselben Anlage machen. Im Haus meiner Eltern wohnen bleiben. Maximale Sicherheit. Um nicht verloren zu gehen. Wenn man in den Weiten des Weltalls da draußen verloren ginge, dann… würde man nie mehr ein Zuhause, einen Heimatplaneten oder geschweige denn einen Fixstern finden. Da war ich mir sicher.

Und doch wurde das Rattern irgendwann zu einer Melodie, einem Sirenengesang, einem Weckruf. Immer lauter und eindringlicher. Unüberhörbar und drängend. Quälend. Ich wollte nicht, aber ich musste, es ließ mich nicht mehr los. Das schmerzte. Ich hasste meinen Kopf und Körper dafür, dass er mir intuitiv zuflüsterte, dass ich wegmusste, auch wenn ich das nie vorhatte. Es wurde etwas einfacher, als ich Karlh kennen lernte. Allerdings fragte ich mich jetzt zum ersten Mal, ob ich wirklich zu ihm fahren wollte oder es für mich einfach nur eine willkommene Ausrede war, dem Fernweh nachzugeben. Eine Rechtfertigung für mich und meine Eltern zu haben. Denn jetzt vermisste ich ihn nicht, ich vermisste niemanden mehr. Jetzt war ich zu einem frei schwebenden Himmelskörper geworden, der alle Anziehungskräfte gekappt hatte. So hoffte ich zumindest.

Und wieder hatte mich mein Vehikel zu einem neuen Quadranten gebracht. Ich stieg aus und atmete tief ein. Der Regen hatte nachgelassen. Die Luft war noch feucht. Und irgendwas war anders. Ich schaute mich vom menschenleeren Bahnsteig aus um. Es war sehr flach und ich konnte kilometerweit schauen. Hier und da ein paar Windkraftanlagen, manche waren riesig und gehörten zur älteren Generation, die kleineren waren jüngeren Datums. Aber keine Industrieanlagen. Nur kleinere Häuseransammlungen. Wäldchen. Dazwischen Felder. Und dahinter noch mehr Häuser, aus denen weißer Rauch aufstieg. Ein Fluss durchschnitt die Landschaft. Es wirkte alles so statisch, wie ein Gemälde. Nur die leicht schwankenden Baumwipfel verrieten, dass das keine Kulisse war, sondern zum dreidimensionalen Raum dazu gehörte.

Ich ärgerte mich, denn hier konnte ich nicht arbeiten. Was auch, die Gegend lebte anscheinend von Landwirtschaft. Davon hatte ich genug, ich wollte endlich wieder Technik zwischen meinen Fingern spüren. Und die Windräder brauchten wenig Wartung.

Niedergeschlagen lief ich los. Auf dem Weg fasste ich den Entschluss, so lange zu laufen, bis ich bei der am weitesten entfernten Siedlung ankam. Auch wenn das den ganzen Tag dauerte. Dort war ich sicher gut versteckt vor dieser Welt.

Die Felder, an denen ich vorbei lief, waren schon abgeerntet. Die nackte Erde ragte durchgewühlt nach oben. Dann kamen die ersten Häuser. Ihre Bauweise überraschte mich. Sie waren anscheinend nicht massiv gebaut, sondern aus Holz. Manche merkwürdig windschief. Als ich bei einem Hof Kinder, Hunde und Schafe rumlaufen sah, blieb ich ungläubig stehen. Sie alle spielten zwischen einem Misthaufen, landwirtschaftlichen Geräten und Matschpfützen. Irgendwas stimmte an dem Bild nicht, es schien nicht aus dieser Zeit zu sein. Schafe? Dass Hühner und Gänse in meinem Dorf gehalten wurden, obwohl es verboten war, kannte ich. Aber das?

Ich setzte meinen Weg fort und kam noch an ein paar Höfen vorbei. Sie wurden irgendwann immer weniger und ein größerer Wald setzte ein. Birken, Lerchen, Kiefern. Ganz anders, als der mitteleuropäische Wald, durch den ich geirrt war. Irgendwie höher, stiller, karger. Angst hatte ich keine. Ich folgte immer dem kleinen Pfad hindurch. Manchmal sah ich hier und da gehacktes und aufgeschichtetes Holz. Machte zwischendurch eine Pause und dachte an die Suche nach

Silas. Es kam mir vor, als hätte das alles vor Lichtjahren stattgefunden, in einer anderen Zeitrechnung. Ich vermisste ihn vielleicht ein bisschen. Andererseits wusste ich, dass es besser war, wenn unsere Wege sich trennten. Weil ich nicht bereit war, mich auf irgendjemanden einzulassen. Ich hatte im Moment meine eigene Umlaufbahn.

Nach dem Wald kam der Fluss, über den eine Brücke führte. Sie sah nicht sehr vertrauenswürdig aus, ein paar Bretter waren bereits herausgebrochen. Das graue Holz in der Mitte zu einer Kuhle gelaufen mit ihrer eigenen charakteristischen Form wie ein alter Mann. Das Wasser floss gemächlich unter mir durch und glitzerte in den letzten Sonnenstrahlen dieses Tages. Diese Ruhe war geradezu unheimlich und gab mir immer wieder das Gefühl, in einer Bleistiftzeichnung aus dem 17. Jahrhundert gelandet zu sein.

Ich passierte noch eine weitere Siedlung, die bereits kleiner war als die vorangegangenen und schaute, ob es die letzte war. Dahinter waren in der Ferne noch ein paar Häuser zu erkennen. Meine Füße taten mir weh. Ich fragte mich, was ich mir von meiner Wanderung versprach. Was sollte dort sein außer ein paar Bauern? Die warteten bestimmt nicht auf mich.

Trotzdem schleppte ich mich dorthin. Es war schon dunkel, als ich ankam. In einem der Gebäude brannte Licht. Irgendwo bellte ein Fuchs. Etwas abseits entdeckte ich ein Holzhäuschen, das unbewohnt schien. Vorsichtig öffnete ich die Tür, die nur noch an einem Scharnier hing. Innen drin raschelte es kurz auf. Ich schloss die Tür hinter mir und legte mich schlafen.

-4-

Ich konnte kaum zur Ruhe kommen, weil es so fürchterlich kalt war. Egal wie fest ich mich in meine Jacke einwickelte, es fror mich am ganzen Körper. Nur für kurze Zeit nickte ich zwischendrin ein. Und konnte mich am nächsten Morgen kaum bewegen. Meine Muskeln schienen wie erstarrt zu sein, selbst das Atmen fiel mir schwer. Ich fragte mich, warum ich mich in diese Situation gebracht hatte, obwohl ich doch genau wusste, dass die Temperatur mit jeder weiteren Nacht sank und ich über keinen High-Tech-Schlafsack verfügte. Ich kramte meine Hände hervor und sah, dass sie bläulich waren. Es beunruhigte mich, machte mir Angst, rief aber auch eine gewisse Zufriedenheit hervor. In der Hinsicht, dass mein eigenes Scheitern Form angenommen hatte und unabwendbar war. Seit dem Sonnensturm badete ich mich noch mehr als zuvor in Selbstmitleid und jubelte über jedes Indiz meiner Unfähigkeit. Das war das einzige, womit ich mir meine Tat gegen meinen Vater erklären konnte. Ich strich über ebendiese Hand, die das verübt hatte, ihre Haut war dünn und blass geworden. Darunter schimmerte das Blut, das ums Überleben kämpfte. Um in die letzten Winkel meines Körpers kommen zu dürfen, ohne abgeschnitten zu werden. Wie der Zug, der mich in diese letzte Ecke Sibiriens gebracht hatte, bevor der Anschluss vielleicht für immer abgestellt wurde.

Ich raffte mich auf und wankte nach draußen, konnte meine Füße nicht mehr lokalisieren. Konnte niemanden sehen. Spürte, wie ein Druck in mir aufstieg und gleich dazu führen konnte, dass mir schwarz vor Augen wurde. Ein altbekanntes Gefühl. Lief schnell zu einem der Häuser und blieb vor der massiven Holztür stehen. Atmete schwer. Ich hatte noch nie jemanden um Hilfe gefragt. Konnte das bisher umschiffen. Angst vor der Ablehnung. Wäre bisher lieber gestorben, als das zu tun. Vielleicht merkte ich, dass Sterben nicht so einfach war, wie ich mir das all die Jahre vorgestellt hatte. Heute war nicht der Tag, an dem ich erfrieren wollte. Ich nahm die Türklinke in die Hand und drückte sie runter. Wollte die Tür öffnen, aber sie klemmte. Jemand half von der anderen Seite nach. Eine Frau stand vor mir und sah mich an.

Ich kam mir vor wie die schmutzigste und erbärmlichste Kreatur auf der ganzen Welt. Starrte auf ihren Pullover, dessen Muster sich vor meinen flimmernden Augen auflöste. Keiner von uns beiden wusste, was zu tun war. Plusgrade kamen aus der Stube zu mir rüber geweht.

„Kann ich mich aufwärmen?", fragte ich schließlich in der Lautstärke einer Maus.

Es dauerte gefühlte drei Jahre, bis eine Antwort kam.

„Ja", sagte sie und trat zu Seite.

Ich lief herein, sie schloss die Tür hinter mir. In der nächstbesten Ecke sank ich zu Boden und wurde schließlich von meinem klapprigen Kreislauf überwältigt. Nur noch graue Farbfelder vor meinen Augen, zwischendurch ein Aufblitzen wie von Sternen. Dafür spürte ich die warme Luft um mich herum. Mehr brauchte ich in diesem Moment nicht.

Schon nach kurzer Zeit fingen meine Füße und Hände an zu kribbeln. Es war nicht angenehm, es schmerzte. Begleitet von dem starken Bedürfnis, meine Extremitäten zu schütteln, um dieses Gefühl loszuwerden. Ich rutschte auf den Holzdielen hin und her, rieb mir die Hände und konnte mich einfach nicht kontrollieren.

Die Frau kam zu mir und reichte mir eine Schüssel. Ich hatte zuerst Angst, diese anzufassen, weil sie so dampfte und ich mich nicht verbrennen wollte. Sah, dass die Finger, die die Keramikschale hielten, rissig und vernarbt waren, die Nägel kurz und stumpf. Dann nahm ich das Gefäß und trank daraus. Es schmeckte gewöhnungsbedürftig, fühlte sich in meinem Inneren aber gut an. Warm. Sättigend. Mein Zittern wurde weniger.

„Bist du auf der Flucht?", fragte die Frau mit einem mir bisher unbekannten starken Akzent.

Ich schaute sie an. Hätte gar nicht sagen können, wie alt sie war. Vielleicht etwas älter als ich? Sie hatte einen emotionslosen Gesichtsausdruck, den ich so noch nie bei einem Menschen gesehen hatte.

„Ja", erwiderte ich und richtete mich etwas auf.

„Ich auch", sagte sie und seufzte. „Ich weiß nur nicht vor was…"

In diesem Moment ging die Tür neben mir wieder auf und zwei Kinder und ein Mann kamen hereingestürmt. Ich stand schnell auf, um nicht wie ein Bettvorleger auf dem Boden herumzuliegen.

Wir starrten uns alle etwas erschreckt an.

„Hallo", flüsterte ich schließlich, „ich bin neu hier und wollte fragen, ob ich in der Hütte nebenan wohnen und euch bei der Arbeit helfen kann."

„Was?", sagte der Mann und zog seine Augenbrauen nach oben. Sie verschwanden unter seiner Fellmütze.

„Ja", sagte das eine Mädchen, das so acht Jahre alt sein musste. „Du kannst uns bei den Schafen helfen. Soll ich sie dir zeigen?"

Der Mann sagte etwas in einer Sprache, die nicht englisch war. Das schockte mich erstmal. Wie konnte das sein? Ich hatte gelernt, dass alle anderen Sprachen ausgestorben waren. Es klang so merkwürdig, viel melodiöser, weicher. Zwischen ihm und der Frau entwickelte sich ein längeres Gespräch, auch die Kinder machten mit. Währenddessen zogen sie ihre Schuhe aus und wärmten sich die Hände an dem Kachelofen. Dann drehten sie sich beide um und musterten mich. Es waren zwei Mädchen mit kleinem Altersabstand. Beide hatten kurze braune Haare und rote Bäckchen. Sie machten einen zufriedenen und aufgeschlossenen Eindruck.

„Okay", sagte der Mann schließlich und wandte sich an mich. „Du kannst nebenan wohnen. Ich zeige dir alles."

5

In den nächsten Wochen setzten Peter und ich mein Häuschen in Stand, flickten das Dach, reparierten die Tür und den Kachelofen. Dann brachte er mir alles über Schafe bei, Füttern, sauber machen, melken, Hufe schneiden, medizinische Versorgung. Ich lernte mein Wasser aus dem Brunnen zu holen, Holz im Wald zu sichten, zu hacken und aufzuschichten, Butter, Sahne und Käse herzustellen. Solange kein Schnee lag, die Tiere auf die Weiden zu bringen und wieder einzusammeln. Es gab auf dem Hof noch vereinzelte Kühe, Ziegen und Hühner, aber am meisten die Schafe.

Zwischendurch legte ich noch Sauerkraut ein, kochte Früchte, trocknete Pilze. Von den beiden Mädchen Lisa und Klara lernte ich die fremde Sprache. Maria weihte mich in das Spinnen von Wolle und das Stricken ein. Jeden Tag gab es etwas Neues zu tun und ich war von morgens bis abends auf den Beinen. Jeden Tag. Von den Kindern abgesehen sprachen wir nicht viel. Manchmal kam Besuch von den anderen Höfen, ich wurde kurz vorgestellt und machte weiter mit meiner Arbeit. Niemals sah ich bei Maria und Peter ein Laptop, ich vergaß, dass die Dinger überhaupt existierten. Zum Glück fragte auch niemand nach meiner

Identifikation. Aber mir fiel auf, dass viele der Produkte, die wir herstellten, abtransportiert wurden. Wollpullover, Hartkäse, gekochte Eier, eingelegte Gurken. Dafür kam mindestens einmal ein Paket mit Medikamenten, Zucker und Salz. Die technische Abwicklung dafür fand vielleicht über die Geräte der Nachbarn statt. Dort besuchten die Mädchen wohl auch den Unterricht, vormittags waren sie meistens nicht da.

Es ging mir von Tag zu Tag besser. Beziehungsweise hatte ich gar keine Zeit, über mein Befinden nachzudenken. Die Arbeit füllte mich vollkommen aus. Ich merkte, wie ich kräftiger, widerstandsfähiger, selbstbewusster und ausgeglichener wurde. Wenn ich es mir mal erlaubte, mich einen halben Tag nicht um den Hof zu kümmern, bereitete ich mir ein Bad zu, schnitt mir die Haare, wusch meine Wäsche oder werkelte an meinem Häuschen herum.

Langsam wurde es kälter. Zum Glück bekam ich Filzstiefel, einen Mantel aus Schaffell und entsprechende Handschuhe und Mütze von meinen neuen Nachbarn. Aber auch wenn ich ohne die volle Montur rausging, fror ich nicht so schnell. Die Kälte machte mir einfach nicht mehr so viel aus. Die Dunkelheit schon eher. Die Tage wurden immer kürzer und manchmal hatte man das Gefühl, es wurde gar nicht mehr richtig hell. Es gab auch nicht mehr so wirklich viel zu tun. Die Vorräte waren angelegt, die Haustiere dauerhaft im Stall, der erste Schnee schon längst gefallen.

Als ich gerade dabei war die Löcher in meinen Wollsocken zu stopfen, kam Maria zur Tür herein. Ich schaute kurz auf. Wir hatten, bis auf die Arbeitsanweisungen, bislang nicht wirklich viel miteinander gesprochen. Und mir war das gerade recht so. Zum einen hätte ich nicht gewusst, was ich hätte sagen sollen, wenn ich gefragt worden wäre, woher ich komme und was mich hierher verschlagen hatte. Ich wollte mir keine Geschichte ausdenken, aber auch nicht die Wahrheit sagen. Zum anderen fand ich, war es nach der Erfahrung mit den Nomaden besser, eine gewisse emotionale Distanz zu wahren. Ich wollte nicht wissen, was in den Köpfen dieser Leute vor sich ging und sie nicht, was mich beschäftigte, so klappte die Zusammenarbeit auch viel besser.

Dass Maria einfach so in mein Haus kam, war da schon ungewöhnlich. Vielleicht hatte sie eine Aufgabe für mich, die ich ihr gerne abgenommen hätte, denn nach dem Sockenstopfen gab es nicht mehr viel, was mir zur Beschäftigungstherapie einfiel.

Sie zog ihre Stiefel aus und stellte sie zur Seite. Eine Jacke hatte sie für den kurzen Weg nicht gebraucht. Dann ging sie zu meinem Bett und ließ sich neben mich fallen. Wir saßen eine Weile so da.

„Miera", sagte sie schließlich, „hast du schon mal einem Menschen beim Sterben zugeschaut?"

Ich stach mir vor Schreck in den Finger. Das tat weh. Steckte mir den Zeigefinger in den Mund und legte den Socken zur Seite.

„Ja", sagte ich schließlich.

Ich überlegte, ob das stimmte. Die Sterbebegleitungen über den Bildschirm zählten nicht. Und bei meinem Vater hatte ich es nicht gesehen, nur geahnt. Silas war weit weg vom Sterben gewesen. Aber mit Eddie, das war schlimm, auch wenn ich nur noch verschwommene Erinnerungen an den Vorfall hatte.

„Dann weißt du vielleicht, wie schwer das ist", fuhr sie fort. „Man kann dem nicht entfliehen."

Ihre Worte hallten in meinem Kopf nach. Entfliehen. So viel Blut, das ich endlich hinter mir gelassen hatte. Hier war es nur eine winzige Nadel, die mich einen Blutstropfen kostete, keine Pfeile, Messer oder Eisenstangen.

Ich sah, dass Maria sich eine Träne wegwischte und aufstehen wollte.

„Warte", sagte ich und legte meine Hand auf ihre Schulter. „Ich würde gerne wissen, was passiert ist."

Maria schluchzte vor sich hin, blieb aber sitzen. Ich wünschte mir in diesem Moment, ein empathischerer Mensch zu sein, einer, der wusste, was man mit Weinenden machte. Außer bei Kindern war mir sowas noch nie untergekommen.

Schließlich atmete sie tief durch und begann zu erzählen.

„Es war heute vor einem Jahr. Unsere jüngste Tochter war gestorben. Sie war erst drei Monate alt. Zu klein, zu schwach, zu dünn. Sie hatte immer Probleme mit dem Trinken, nahm nicht richtig zu, schlief viel. Und irgendwann wachte sie einfach nicht mehr auf."

Maria schaute mich nun mit einem blutleeren Blick an, wie ein Gespenst.

„Das ist ja furchtbar", murmelte ich. Es war mehr als das, aber treffendere Worte fielen mir nicht ein.

In diesem Moment öffnete sich die Tür und Lisa schaute herein. Maria stand auf und ging mit ihr raus.

Ich blieb zurück und ging wenig später schlafen. Was es hieß, ein Kind auszutragen und dann so zu verlieren, wusste ich nicht. Konnte man sich überhaupt irgendwann damit abfinden, konnte man das von jemandem erwarten. Blieb man für immer traumatisiert zurück? War die Lebensfreude für immer weg? Unwillkürlich hatte ich das Bedürfnis, meine Mutter anzurufen und ihr zu sagen, dass alles okay war. Dass ich mir ein Leben in der sibirischen Peripherie aufgebaut hatte und nicht mehr das Bedürfnis hatte, die Welt zu retten, zu fliehen, mich umzubringen oder irgendjemanden abzustechen. Dann dachte ich, dass ich kein kleines Kind, zu dem man eine viel bedingungslosere Zuneigung haben konnte, mehr war und meine Mutter nach der ganzen Aktion sicher keinen Jubelanruf gebrauchen konnte. Es war schon besser, mein früheres Leben da zu lassen, wo es war, in den Sphären der Elektrizität und Internetverbindungen in und um Omsk.

In den nächsten Wochen kam es immer öfter mal vor, dass Maria und ich zusammensaßen. Ihre Präsenz war mir nicht unangenehm. Sie strahlte so ein Versunkensein, Verlorensein aus. Es war auch nicht so, dass sie ständig einen traurigen Gesichtsausdruck aufsetzte, aber selbst wenn sie fröhlich war, schwang etwas Abwesendes mit. Sie bewegte sich in ihrem eigenen Orbit. Ich hätte zu gerne gewusst, was in ihrem Kopf vor sich ging.

Als wir an einem Vormittag zusammen Wolle spannen, beobachtete ich ihre flinken und geschickten Hände, ihre konzentrierte Miene, die angespannte Körperhaltung. Das Spinnrad klapperte sanft, das Schaffell zwirbelte sich lautlos auf und ab. Ich liebte diese Arbeit, sie war so monoton, endlos, leicht, man konnte sich sofort darin verlieren und war doch nicht seinem Gedankenkarussell ausgeliefert, wenn man seine Aufmerksamkeit auf jede kleine Bewegung richtete. In unserer stummen Zusammenarbeit spürte ich einen inneren Frieden, den ich so noch nie erfahren hatte. Die vielen Zweifel, Unsicherheiten, Ängste… waren nicht verschwunden, sondern lagen irgendwo in weiter Ferne, an einem Ort, der mich nicht weiter interessierte. Vielleicht würde ich ihn irgendwann später mal aufsuchen, aber heute ganz sicher nicht. Wenn es doch nur öfter so sein könnte. Diesen überflüssigen Ballast abwerfen, das Leben genießen. Für den Moment.

„Das Spinnrad habe ich von meiner Großmutter", sagte Maria plötzlich in die Stille und ich tauchte aus meinem meditativen Bewusstseinszustand auf. „Sie hat mir auch beigebracht, damit umzugehen. Meine Mutter mochte diese Arbeit nicht, das war ihr zu fiddelig, sie hatte keine Geduld dafür. Was ihr mehr zusagte war rausgehen, anpacken, Menschen treffen. Zu Hause sitzen oder allein im Wald Beeren sammeln war nicht ihr Ding."

Maria machte eine Pause, schaute aber nicht auf. Ich hätte gerne mehr erfahren, traute mich aber nicht zu fragen.

„Und deine Mutter?", sagte sie schließlich.

„Oh", sagte ich spontan, schaute zur Seite und ließ meine Hände mit der Wolle sinken.

Eine kleine Welle von Ängsten umspülte mich für den Bruchteil einer Sekunde. Gerade genug, dass man am ganzen Körper zu frösteln begann. Ich wäre fast aufgestanden und gegangen, brachte dann aber doch noch ein „sie ist Ärztin" hervor.

„Das ist ja das Beste, was einem passieren kann, oder? In den letzten Jahren sind hier so viele gestorben, weil der nächste Arzt zwei Bahnstationen weit weg ist. Früher, als ich klein war, hatten wir einen vor Ort. Mein Großonkel. Er kannte sich gut aus. Hatte meiner Schwester sogar mal den Blinddarm entfernt. Natürlich konnte er einen Gips anlegen, Kaiserschnitte durchführen oder Platzwunden vernähen. Selbst wenn er etwas zum ersten Mal machte, las er sich ein und holte sich Rat von Kollegen, suchte immer einen Weg der Heilung. Nach seinem Tod fand sich leider kein Nachfolger."

„Warum?", fragte ich.

Maria zuckte mit den Schultern. „Ich weiß nicht. Vielleicht ist die Verantwortung zu hoch. Mein Onkel hätte gerne jemanden angelernt, doch niemand traute sich in seine Fußstapfen zu treten, dabei wussten wir, dass er nicht ewig leben würde."

„Hättest du es gerne gemacht?", fragte ich.

Wir schauten uns zum ersten Mal direkt in die Augen. Ihr Blick war gefüllt mit Leere, aber auch Neugier und Zweifel. Kurz dachte ich, dass die Oberfläche der Augen sich mit Tränen füllen würde, doch sie wandte ihren Kopf schnell ab.

In diesem Moment wurde mir bewusst, dass es besser war, in einem Vorhaben grandios zu scheitern, als sich von seiner Angst leiten zu lassen. Sie war immer ein schlechter Ratgeber. Und dann dachte ich gleich daran, dass ich vor Angst aus Omsk weggerannt war. Das war vielleicht falsch, aber dafür war ich jetzt hier. Ich wollte nicht mehr weg.

„Ich wäre keine gute Ärztin geworden", sagte Maria und wandte sich wieder dem Spinnrad zu. „Mein Onkel war fürsorglich, geduldig, hatte ein fast unheimliches Gespür für seine Patienten und ihre Probleme. Es war ganz klar seine Berufung. Das fehlt mir."

„Ach", sagte ich und hob die Augenbrauen, „glaub mir, man muss nicht in drei Nächten hintereinander von einem weißen Kittel, einer Äskulapnatter und einem Stethoskop träumen, um berufen zu sein. Solange du nicht beim Anblick von Blut umkippst, würde ich sagen, bist du qualifiziert."

Maria lächelte mich an und schüttelte sanft ihren Kopf. Dann verschwand das Lächeln aus ihrem Gesicht.

„Ich konnte noch nicht einmal meinem eigenen Kind helfen", murmelte sie und hielt wieder inne.

Sie erhob sich und ich sah das als Zeichen, dass es Zeit war zu gehen.

6

Ein paar Tage später stand ich morgens auf, zog mich an und wollte rausgehen. Doch meine Tür ließ sich nicht öffnen, was mich zunächst erschreckte und ratlos zurückließ. Ich drückte wieder die Klinke herunter und stemmte mich mit meinem ganzen Gewicht dagegen. In einem kleinen Spalt sah ich, dass mein Häuschen eingeschneit war. Und es schneite immer weiter, wenn auch nicht mehr so stark.

Ich blieb erstmal drinnen und setzte mir einen Tee auf. Es passte mir gar nicht, morgens nicht gleich rauszugehen und die Tiere zu versorgen, die Kuh zu melken und nach dem Rechten zu schauen. Unruhig lief ich auf und ab und wusste gar nicht, auf was ich wartete. Darauf, dass es hell wurde und die anderen wach wurden, um mir zu helfen. Ich knabberte etwas von dem Brot, das Maria gebacken hatte und setzte mich an die Stricksachen.

Heute unterforderte mich die Handarbeit etwas, war gerade nicht körperlich anstrengend genug. Das Stricken war monoton, da waren die Gedanken komplett losgelöst und verloren sich automatisch in komplizierten Analysen und Reflektionen.

Zum Glück hörte ich schon bald die Schneeschaufel von Peter und zog mich schnell an.

„Guten Morgen", sagte ich, nachdem er mich frei geschaufelt hatte.

Lief schnell zum Geräteschuppen und holte mir ebenfalls eine Schippe. Gemeinsam galt es den ganzen Hof und die Wege von der weißen Pracht zu befreien und dann den Weg zur Nachbarsiedlung frei zu machen.

„Meinst du nicht, dass Maria eine gute Ärztin abgeben würde?", fragte ich ihn zwischendurch atemlos.

„Wie kommst du darauf?", erwiderte er.

„Ich denke das wäre das Richtige für sie."

Peter hielt inne und stützte sich auf die Schaufel ab, um eine Pause zu machen.

„Selbst wenn, wir haben keinen Laptop, keinen Internetanschluss für die Ausbildung. Sie müsste sich viel Wissen aneignen, das braucht Zeit. Ich wüsste nicht, wie das gehen sollte. Die Mädchen lernen ja gleichzeitig mit den Cousinen und so sind alle Laptops im regen Gebrauch."

„Bestellt euch einen, ihr habt einen Anspruch darauf."

„Erstens kostet das Punkte und zweitens ist das im Moment sowieso Wunschdenken. Hast du mitbekommen, was da alles los ist? Wir können für jeden Tag froh sein, an dem wir noch Lieferungen bekommen und unsere Verbindung steht. Wahrscheinlich wird das nicht mehr lange so sein."

Jetzt hielt ich auch inne und steckte meine Schaufel in den großen Schneehaufen. Spürte den juckenden Schweiß unter der Pelzmütze und schob diese wie von Läusen befallen auf und ab. War hin und hergerissen, ob ich da jetzt nachfragen sollte oder nicht. Entschied mich spontan, es nicht zu tun. Mein Leben hatte mit diesen Dingen nichts mehr zu tun und dabei wollte ich es auch belassen.

„Und wenn Maria den Laptop nachmittags nutzen könnte? Gerade angesichts dieser Situation wäre es doch am besten, so schnell es geht anzufangen… Schau mal, es geht nicht nur darum, dass ihr hier vor Ort dringend einen Arzt braucht, es geht auch darum, Maria eine Aufgabe zu geben, die sie herausfordert und ausfüllt. Und wir müssen sie dabei unterstützen, sonst traut sie sich das nicht zu."

„Ich überlege mir etwas", sagte Peter und wir gingen wieder zum Schnee schippen über.

An diesem Tag arbeiteten wir noch härter als sonst. Nach dem ganzen Schaufeln dachte ich schon, dass ich nicht mehr könnte und tot umfallen würde. Meine Arme waren wie aus Gummi, der Rücken fühlte sich an, als wären ein paar Wirbel rausgefallen. Doch dann ging es noch in die Ställe, ausmisten und Heu vom Heuboden holen. Mein Schwitzen und Röcheln war nicht zu übersehen, sodass Peter mir eine Ruhepause verordnete. Doch ich schüttelte den Kopf, heute wollte ich nicht mit meinen Gedanken allein sein. So schon drehten sie sich darum, was er vorhin gemeint haben könnte. Und ohne, dass ich es bewusst wollte, dachte ich, dass meine Rettungsaktion vom letzten Sommer in Omsk doch gescheitert war, aus welchem Grund auch immer und das fühlte sich schrecklich an. Das war weit weg und nicht mehr wichtig, versuchte ich mich abzulenken und meine Aufmerksamkeit wieder auf das zu richten, was in dem Moment passierte. Das klappte so halb.

Der Schnee belästigte uns noch viele Tage und es wurde immer kälter. Man konnte eigentlich kaum mehr rausgehen, ohne sich das Gesicht abzufrieren und ich merkte auch, dass mein Ofen an seine Grenzen kam. So viel konnte ich da gar nicht reinstopfen, dass es richtig warm wurde. An diesen Tagen fragte ich mich, ob ich hier wirklich dauerhaft meine Existenz aufbauen wollte. Es war nun schon seit Monaten dunkel, windig und klirrend kalt.

Und jetzt noch der ganze Schnee. Der ja wirklich hübsch aussah, aber überall im Weg lag.

Mein einziger Lichtblick war, als Peter mich fragte, ob ich mit Maria ins Dorf gehen könnte, um ihr die Benutzung des Laptops zu zeigen. Ich sagte sofort zu.

Wir machten uns auf den Weg und mir fiel auf, dass ich schon richtig lange nicht mehr auf der anderen Seite des Flusses gewesen war. Dieser war nun gefroren und auch die Brücke war mit einer dicken Eisschicht überzogen, sodass wir uns kaum rüber trauten. Maria und ich hielten uns aneinander fest und hangelten uns irgendwie über die wacklige Konstruktion. Unwillkürlich musste ich an den ersten Tag denken, als ich hierher gekommen war. Den Gedanken daran schob ich schnell weg.

„Ich werde es sowieso nicht schaffen, das alles zu lernen", sagte Maria.

„Wie kommst du darauf?", erwiderte ich.

„Das ist so viel, das ganze Wissen. Bestimmt werde ich nur dafür sorgen, dass noch mehr Menschen sterben."

„Denk doch nicht an sowas. Außerdem: kleine Schritte. Jetzt erwartet keiner Wunderheilungen von dir. Glaub mir, das wird gut."

„Warum arbeitest du nicht mehr in deinem er-
lernten Beruf?"

„Das ist eine komplizierte Geschichte. Ich
wollte gerne, aber es ist alles anders gekommen.
Außerdem fehlt mir die Praxiserfahrung, da ist
man sowieso nur ein halber Facharbeiter."

Ich sah schon die Dächer von den anderen
Häusern und mich befiel ein mulmiges Gefühl. Ich
hatte Angst, die anderen zu treffen. Am liebsten
wäre ich umgedreht und zurückgerannt, aber
diese Zeiten waren vorbei.

Auch Maria schien ihrer Sache nicht so sicher.
Ich sah, wie sie auf der Unterlippe kaute und hektisch hin und her schaute. Der Schnee knirschte
sacht unter unseren Stiefeln und ich konnte auf
dem Weg die Spuren eines Schlittens sehen.

Bei uns hatte es damals nicht oft geschneit,
aber wir hatten auch so einen Schlitten irgendwo
herumstehen und suchten ihn für diese Gelegen-
heiten heraus. So ließen sich die Ausflüge zur
Bahnstation leichter zurücklegen. Einmal war ich
mit meiner Mutter unterwegs gewesen. Auf dem
Hinweg saß ich drauf und auf dem Rückweg zogen wir unsere Vorräte nach Hause. Es war anstrengend aber auch eine angenehme Abwechslung zu den sonstigen Fortbewegungsmitteln. Zu
den anderen Jahreszeiten benutzen wir immer ein

Fahrrad mit Anhänger, das wir meistens nur schoben, weil die Wege so schlecht waren. Voller Wurzeln und abgebrochenem Asphalt. Trotzdem wollte ich das Fahrradfahren lernen, es faszinierte mich einfach. Ich musste lange üben, um es endlich drauf zu haben. Richtig gut war ich nie. Auch hier hatte ich Räder in den Schuppen gesehen, alte zerfallene Gerüste und neue mit Anhängern. Da die Gegend hier steppiger und feldiger war, konnte ich mir vorstellen, dass es sinnvoller war, Fahrrad zu fahren als bei uns in den posturbanen Halbbergen. Aber das würde noch dauern.

Als wir vor dem Haus standen, wurden meine sonst gut durchtrainierten Waden doch etwas leistungsarm und fingen an zu kribbeln. Schweiß lief mir das Brustbein herunter. Die Häuser waren ganz anders als bei ‚uns‘, nicht aus Holz, sondern einer massiven Bauweise, dafür aber auch einstöckig. Schienen geräumiger und weniger schief, mit großzügigeren Fenstern und besserer Isolierung. Neben dem Haus waren noch vier oder fünf weitere Wohnhäuser, dazu Ställe, Werkstätten und Silos, wenn ich das richtig erkannte. Unweit der Siedlung zwei Windkraftanlagen, deren Segel in dem Hochnebel nicht sichtbar waren.

Maria klopfte und ein bärtiger Mann machte auf. Kinder sprangen überall herum.

„Hallo", sagte ich und schaute dann gleich auf den Boden. Die Holzdielen waren sehr ordentlich und lückenlos verlegt.

„Ach, da seid ihr ja", sagte der Mann in der lokalen Sprache. Peter und Maria sprachen meistens englisch mit mir, was mir auch ganz recht war.

„Ich bin Miera", sagte ich mit meiner schlechten Aussprache.

„Wir haben schon viel von dir gehört. Ich bin Alex. Kommt nur rein."

Ich bekam eine kurze Führung durch das Haus, die ich kaum registrierte, weil meine Gedanken vor allem damit beschäftigt waren, mich nicht zu blamieren oder was Falsches zu sagen. Die Kinder grinsten mich schelmisch und irgendwie auch lieb an. Mehrere Leute, die an uns vorbei liefen, wurden mir vorgestellt, Tee angeboten und Gebäck gereicht. Am Ende saß ich mit Maria endlich in einer ruhigen Ecke an dem Laptop und war erstmal absolut irritiert. Sowas hatte ich mein Lebtag nicht gesehen, das Ding schien mindestens 100 Jahre alt zu sein, es war klobig, hatte einen zerkratzen Bildschirm, unförmige Tasten und ich war mir sicher, es funktionierte nicht mehr. Aber da irrte ich mich. Es war einfach nur extrem langsam und laut. Fast wie eine Dampfmaschine.

Als der Bildschirm hell wurde, entspannte ich mich allmählich. Ich wusste gar nicht, wie die Zeit verging, aber Maria und ich mussten für Stunden versunken sein. Wir luden zunächst alle Unterlagen für den theoretischen Wissenserwerb runter, Artikel, Tests, Lehrbücher, Videos. Ich erklärte ihr den Ablauf, die Möglichkeit, sich an Support-Gruppen zu wenden, Kontakt zu einem Anleiter aufzunehmen, den Ablauf der offiziellen Prüfungen und das Anfertigen von eigenen Aufsätzen und Aufarbeitungen.

Dabei merkte ich direkt, wie sie bei der Sache war und alles ganz genau wissen wollte. Wir rätselten und lachten zusammen, entwarfen einen Plan, wie es ab jetzt klappen sollte. Ich versprach, meine Punkte dafür einzusetzen, ihr ein eigenes Laptop zu besorgen, sagte aber nicht, dass ich mich niemals nicht traute, mich unter meinem Namen einzuloggen und zu sehen, was alles für Nachrichten aufgelaufen waren. Der Gedanke daran löste bei mir schon eine Panikattacke aus, die ich schnell runterschluckte.

Als wir fertig waren, kam eins der Kinder, ein Junge, zu mir und fragte mich nach der Narbe unter meinem Schlüsselbein.

„Ich...“, meine Stimme zitterte, als ich nach den richtigen Worten rang, „das war ein Pfeil“, beendete ich den Satz auf Englisch, weil mir das Wort in der lokalen Sprache nicht geläufig war. „Kennst du sowas?“

Der Junge nickte. „Mein Vater geht damit auf die Jagd.“

Ich überlegte kurz, dass der Umgang hier mit der Fleischproduktion ein ganz anderer war, als die gesellschaftlichen Grundsätze vorgaben. Einerseits fragte ich mich, ob das nicht ein Rechtsbruch war, andererseits gab es einfach nicht viel, was einen in den langen Wintern über Wasser hielt. Trotzdem war ich froh, bisher keiner Schlachtung beigewohnt zu haben, von mir aus konnte dieser Teil des Landlebens für mich weiterhin im Dunkeln bleiben.

„Da hast du aber ganz schön Glück gehabt“, sagte Maria und riss mich aus meinen Gedanken.

„Ich weiß selbst nicht, wie ich das geschafft habe“, sagte ich.

„Esst doch noch mit uns“, rief Alex zu uns rüber.

Ich winkte gleich ab.

„Du kannst ruhig bleiben“, sagte ich zu Maria, „ich muss zurück.“

„Willst du in der Dunkelheit allein gehen?“, fragte sie.

„Mach dir keine Sorgen, wirklich.“

Ich stand auf und lief zum Eingang, um weiteren Überredungsversuchen zu entgehen und mich anzuziehen. Maria machte es mir gleich nach. Vielleicht war sie es, die Angst hatte, allein zu gehen. Aber ich konnte nicht wegen ihr bleiben, das war mir zu viel soziale Interaktion hier.

Draußen war es ungemütlicher, als ich gedacht hatte. Die Wege waren gefroren, sodass es schwer war, sich vorwärts zu bewegen. Zum Glück durch den Schnee etwas heller als sonst, sonst hätten wir nicht mehr nach Hause gefunden. Instinktiv hakten wir uns ein und hielten uns aneinander fest. Ich traute mich kaum aufzuschauen, sah nur ganz kurz, dass der Himmel von mehreren Schichten Nebel, Wolken und Kälte bedeckt war, von Sternen keine Spur.

„Siehst du, selbst der Weg zu den Nachbarn ist für mich so anstrengend. Wie hast du es nur geschafft, so weit zu reisen?“, sagte Maria.

„Du weißt doch gar nicht, woher ich komme?“, erwiderte ich.

„Wegen deines Akzents vermute ich aus Europa.“

„Könnte sein. Aber der Weg war auch schwer, nochmal mache ich das nicht."

„Hast du das gefunden, wonach du gesucht hast?"

Ich musste nachdenken. Verlor kurz das Gleichgewicht und krallte mich an Marias Mantel fest, um nicht zu fallen. Wir mussten beide lachen.

„Nein", sagte ich spontan. „Aber ich will erstmal nicht mehr suchen, das ist auch ein gutes Zwischenergebnis."

„Innerer Frieden", sagte Maria und ihre Worte hallten in der Nacht. Über die schneebedeckten Felder ins Nichts. „Würde ich gerne finden, wenn ich auf die Suche gehen würde. Es ist alles schon so lange grau. Leer. Gefühllos. Dabei habe ich ein gutes Leben und Schicksalsschläge gehören dazu. Trotzdem funktioniert mein Kopf nicht richtig."

Ich blieb stehen und schaute sie an. Sah ihre glänzenden Augen. Spürte ihren Atem auf meinem Gesicht. Obwohl es vor Kälte schon ziemlich taub war. Doch jetzt war es gerade die Kälte, die so angenehm durchdringend war. Einem das Gefühl gab, zu diesem Universum zu gehören, das ohne Sonne und Wärme auskam.

„Das wird sich vielleicht niemals ändern", sagte ich. „Vielleicht wird es sogar immer schwerer. Kannst du das akzeptieren?"

„Das ist ganz schön viel verlangt", erwiderte sie und wir liefen weiter. Überquerten die Brücke.

„Ich finde auch", sagte ich und wir klammerten uns noch fester aneinander. „Ich weiß, wie viel Kraft es kostet, die Normalität aufrecht zu erhalten. Etwas, das anderen einfach zufliegt. Aber es macht es nur noch schlimmer, diesen Umstand zu bekämpfen, ihn loswerden zu wollen. Wir sind genau richtig, da wo wir sind. Es muss nichts geändert werden."

„Und warum hilfst du mir, die Arzt-Ausbildung zu machen? Ist das nicht so eine Rehabilitations-Maßnahme?"

„Nein. Es wird deine Situation wahrscheinlich sogar noch verschlimmern. Das Leiden der anderen sehen, nichts machen zu können, immer wieder hilflos sein, falsche Entscheidungen treffen und so weiter."

Ich musste an meine Mutter denken, daran, dass es immer so aussah, als ob sie das alles locker wegsteckte. Dass sie besonnen, geduldig und vernünftig handelte. Die Maßnahmen ergriff, die ergriffen werden konnten und mit Situationen, in denen sie nicht helfen konnte, ihren Frieden schloss. Später, als ich älter war, konnte ich ihre Gereiztheit, Unruhe und latente Unzufriedenheit viel eher mit den Vorfällen im Job in Verbindung bringen und sah eigentlich kaum noch Behandlungen, die sie glücklich machten. Sie verlängerte oder verzögerte Leiden, richtiges Leben retten stand nicht auf dem Plan. Eine undankbare Rolle.

„Du machst einem richtig Mut", sagte Maria und wir lachten.

Es war so eine schöne Stimmung, dass ich gleich Angst bekam, sie wieder zu verlieren. Oder aufs Spiel zu setzen. Die Nähe war so fragil und frisch, sie konnte so schnell zerfallen wie die Eisflocken auf der Haut.

„Nimm das von jemandem, der bisher noch vor jeder Herausforderung weggerannt ist", sagte ich und sah vorne endlich unseren Hof.

„Das glaube ich nicht", erwiderte Maria.

Wir legten die letzten Meter schweigend zurück. An ihrer Tür verabschiedeten wir uns und ich lief weiter zu meinem Häuschen. Als ich um die Ecke bog, sah ich, dass Silas auf dem Treppenabsatz saß.

7

Ich erkannte ihn gleich an seiner Statur. Seine Augen und sein Gesicht konnte ich nicht sehen. Meine Beine schwankten, ich musste mich an dem Schuppen anlehnen. Ein ganzer Schwall von unangenehmen Gefühlen ergoss sich über mich, Angst, Scham, Minderwertigkeit. Alles, das ich so lange schon nicht mehr erfahren und auch nicht vermisst hatte.

Ich dachte an die Zeit, als wir zusammen am Bahnsteig herumstanden und überlegten, ob wir die Abkürzung durch den Wald nahmen oder nicht. Es war ähnlich überwältigend gewesen. Auch jetzt konnte ich kaum atmen, mein Brustkorb war wie auf Miniaturgröße geschrumpft oder verschwunden. Meine Stiefel knirschten auf dem Schnee, Silas regte sich nicht. Mein Blick ging zum Himmel und ich sah, dass er sich aufgeklart hatte. Die Sterne blinzelten hervor und schauten wie auf mich zurück. Ich atmete tief durch, das tat gut. Schloss die Augen. Dachte an Maria und ihre graue Welt. Wenn sie es schaffte, das Haus zu verlassen, dann schaffte ich es, ins Haus zu gehen. Sie hatte es schwerer als ich.

„Alles okay?", hörte ich Peter von unten rufen und zuckte zusammen. Sah, wie er vor seiner Tür stand, aus der Licht fiel.

„Ja", antwortete ich und hatte bei der einen Silbe Probleme, meine Stimme zu finden.

Er ging wieder rein.

Langsam löste ich mich von den Holzpaneelen und lief auf Silas zu. Er stand auf und trat zur Seite. Ich traute mich nicht, ihn anzusehen. Öffnete die Tür und lief rein. Ließ sie offen, damit er folgen konnte.

Machte als erstes den Ofen an und wärmte meine Hände an den frischen Flammen der Birkenrinde. Langsam floss auch wieder Blut in meine Füße, sodass diese anfingen zu pochen. Während Silas sich neben mich setzte, versuchte ich meine Gedanken in eine sinnvolle Ordnung zu bringen. Mir zu überlegen, was ich jetzt sagen sollte. Sätze zu formulieren. Aber statt verständlichen Satzstrukturen wurde mein Kopf von den wirrsten Sinnfragmenten überschwemmt.

Ich dachte an den Moment, an dem ich als kleines Kind, bevor meine Geschwister geboren waren, allein zu Hause war. Mein Vater war arbeiten und meine Mutter musste zu einem Notfall im Dorf, aber das wusste ich damals gar nicht. Ich wachte aus meinem Mittagsschlaf auf und schaute mich überall um. Das Haus hatte sich verändert, jetzt wo ich allein war. Ich weinte nicht. Ich saß einfach nur in meinem Bett und konnte die Wände atmen hören. Alles schien sich subtil zu bewegen, wie ein Flirren. Ich saß bewegungslos da und beobachtete einfach nur. Ohne ein weiteres menschliches Wesen in meiner Nähe kam es mir vor, dass die Welt mir ihr wahres Gesicht zeigte. Es war viel düsterer, trostloser und kälter. Mein Zuhause war nicht mehr schützend und heimelig, sondern durchdrungen von dieser Urkraft des Universums, die rücksichtlos und blind zerstörte und erschuf, ohne auf irgendwelche Befindlichkeiten Rücksicht zu nehmen. Ob ich ein kleines Kind war oder nicht, das war dabei egal, ich war genauso ein Spielball des Schicksals wie alles andere auch. So saß ich viele Stunden da und atmete diese Atmosphäre ein, dachte bald, ich würde ebenfalls eingeatmet werden. Von etwas Unsichtbaren, das mich immer umgab, egal ob meine Eltern da waren oder nicht.

Wenn ich das Feuer ansah, spürte ich ebenfalls den Atem der Welt, wie er mich einsog. Zerstörerisch und wärmend zugleich. Es war dem Zufall überlassen, was davon gerade die Überhand hatte. Ich konnte mich anstrengen, wie ich wollte, Glück oder Unglück konnten jeden Moment willkürlich über mich kommen. Mich verschlingen oder ausspucken. Was mir blieb, war einfach nur still zu halten, erstarren. Darin hatte ich große Übung. Ich fand, es half meistens. Warten, bis das Flirren meiner Umgebung sich auf mich eingestimmt hatte. Synchronisation.

Ich bewegte mich endlich aus meiner Position. Alles war zum Erbrechen müde an meinem Körper. Kroch zu meinem Bett, schlief schon halb auf dem Weg dorthin ein und ließ mich fallen.

Am nächsten Morgen stand ich noch früher als sonst auf, ich war so unruhig und fand nicht mehr in den Schlaf. Legte Holz im Ofen nach, zog mich an und lief nach draußen, in die Schwärze. Begann damit, die Kuh zu melken. Die anderen waren noch nicht wach, es war schön einsam. Die warme Milch zischte rhythmisch und mit einem hellen Geräusch in den Eimer, das mich ablenkte und beruhigte. Als ich fertig war, nahm ich ein paar Schlucke, das war so erfüllend und wärmend, versöhnte mich wieder mit der Welt. Sie war nicht kalt und voller blöder Zufälle, sondern nährend und tröstend.

Als nächstes mistete ich aus, verteilte Heu in den Ställen. Die Schafe drängten sich dicht um das Futter. Hörte irgendwann, dass Peter oder Maria wach geworden sein mussten. Ich ließ alles stehen und liegen, es war sowieso schon das meiste erledigt, huschte hinter dem Haus durch, um niemandem zu begegnen und stolperte wieder in meine Hütte. Legte mich hin und schlief noch ein paar der Stunden nach, die mir vorhin gefehlt hatten.

„Ich habe meinen Vater niedergestochen", sagte ich, sobald ich meine Augen wieder geöffnet hatte.

„Was?", hörte ich Silas Stimme, konnte ihn aber nicht sehen.

„Vielleicht ist er tot, ich weiß es nicht", fuhr ich fort.

„Versteckst du dich deswegen hier?"

„Ich verstecke mich nicht. Das hier ist mein neues Zuhause, ich bin froh hier zu sein. Habe meinen inneren Frieden gefunden."

Ich richtete meinen Oberkörper auf und schaute zu Silas. Wie er mit zerzausten Haaren auf seinem Rucksack als Kopfkissen lag. Zum Glück lag diese Zeit hinter mir. Ich schlief ordentlich auf meinem Strohbett.

Sein Gesichtsausdruck war schwer zu deuten für mich. Vergrämt? War er wütend auf mich? Verbittert? Oder einfach nur müde? Auf jeden Fall sah er gar nicht glücklich aus.

„Ich sag dir was", kam es plötzlich aus ihm heraus, „das ist das allerletzte Mal, dass ich dich auf diesem Planeten gesucht habe. Ich habs nur aus schlechtem Gewissen gemacht, weil du mich damals nicht aufgegeben hast. Du hättest dich wenigstens einmal melden können! Aber nochmal bringe ich das nicht. Dachte, es ginge dir nicht gut und du würdest dich freuen, mich zu sehen. Aber gut, wann geht der nächste Zug?"

Da musste ich erstmal schlucken.

„Das tut mir leid", murmelte ich.

Silas nahm seine Brille vom Fußboden, putzte sie und setzte sie auf.

„Kannst du es nicht verstehen, dass ich irgendwo neu anfangen wollte?", fragte ich.

„Spar dir deine Erklärungen, brauch ich nicht. Mir wird jetzt einiges klar. Ich hab zu viel Zeit verschwendet und muss zurück dorthin, wo ich dringender gebraucht werde", er setzte sich auf und begann, seinen Rucksack zusammen zu schnüren.

„Soll ich Peter fragen, wann der nächste Zug geht?"

„Schon okay, kann ich selbst machen", sagte Silas knapp und ich konnte kaum glauben, dass er einfach wieder verschwinden wollte. Eigentlich war es gut, da er mit seiner Ankunft so viel Wirbel verursacht hatte, andererseits schien es mir nicht richtig zu sein.

„Iss noch etwas", sagte ich und holte schnell einen Topf, der auf dem Ofen stand, in dem noch eine gute Portion Lammfleisch und Kartoffeln drin waren. „Ich mach dir schnell noch was warm. Sorry, wir haben hier meistens viel Fleisch. Frag nicht. Aber für diese Klimaverhältnisse sind Schafe einfach gute Nahrungslieferanten. Und die Wolle erst…"

Silas sagte nichts, ließ sich aber wohl darauf ein. Das Essen war schnell warm und ich stellte ihm den Topf aus Mangel an Tellern vor die Füße, steckte eine Gabel rein. Für mich nahm ich etwas getrockneten Käse, der über dem Ofen hing, ein Stück hartes Brot und setzte Wasser für einen Tee auf. Silas begann wortlos zu essen.

„Ich würde mir an deiner Stelle keine allzu großen Sorgen um deinen Vater machen", sagte er plötzlich.

„Warum?", fragte ich.

„Es gibt Leute, die behaupten ihn gesehen zu haben. Du hast es wahrscheinlich nicht mitbekommen, aber die Fronten haben sich verhärtet in der Zwischenzeit. Viele Menschen sind sehr wütend, sie wollen die Nomaden und besonders ihre Anführer am liebsten hängen sehen. Aus den Wäldern mussten sie sich zurückziehen, keiner weiß, wo sie sich jetzt aufhalten. Vielleicht in einem der verlassenen Dörfer unweit von Omsk, da gibt es zu viele, um sie alle zu durchsuchen…"

Ich hörte mir alles schweigend an und wünschte mir zu gleichen Teilen, Silas möge noch mehr erzählen und erst gar nicht mit diesem Thema anfangen, das ich hinter mir lassen wollte. So viele unangenehme Erinnerungen kamen hoch, vor allem in Bezug auf meine Familie, die ich verletzt, im Stich gelassen und enttäuscht hatte. In meinem Inneren wand sich alles bei diesen Gedanken, die Gedärme und Organe quetschten sich aneinander und knirschten. Ein Juckreiz befiel mich am ganzen Körper.

„Ich… ich muss noch arbeiten", sagte ich schließlich. „Aber… willst du nicht ein paar Tage bleiben. Du hattest eine lange Reise und solltest dich etwas erholen."

Ich traute mich nicht, Silas anzuschauen oder auf eine Antwort zu warten und verschwand einfach durch die Tür in die Kälte. Draußen stieß ich sofort mit Maria zusammen, die wohl gerade bei mir klopfen wollte. Wir lachten und hielten uns die Köpfe.

„Tut mir leid", sagte ich und wollte gleich zu den Ställen laufen.

Maria schaute mir verblüfft hinterher.

„Du hast recht, ich sollte meinen Mantel anziehen", sagte ich, da die Kälte das Blut in meinen Adern in Sekunden gefrieren ließ. Umständlich angelte ich mit der Hand meine Winterausrüstung aus dem Haus und wir liefen zusammen los.

„Du hast Besuch", sagte sie und ich versuchte schneller zu laufen, um ihren Fragen zu entkommen. Mein Gehirn war wie in Brand gesetzt und ich hätte mir am liebsten an Ort und Stelle den Kopf abgerissen. All diese Informationsschnipsel aus der anderen Welt versetzten mich in spontane Panik, aus der ich keinen anderen Ausweg wusste. Vielleicht sollte ich mich in den Zug setzen und wegfahren, nicht Silas. Ich schnaubte und es war als käme Rauch aus meiner Nase. Meine Augen mussten rot angelaufen sein vor Glut, mir war so verdammt warm. Ich hatte Angst das Stroh, welches ich vom Heuboden holte, in Brand zu setzen. Das Holz der Mistgabel schien regelrecht durch zu glühen in meiner Hand.

„Miera", sagte Maria plötzlich, ich hatte sie schon ganz vergessen. Sie legte ihre Hand auf meine Schulter.

Ich drehte mich um und schaute in ihre Augen. Sie sah beunruhigt, verblüfft, fragend aus. Ich senkte meinen Blick und fing an zu weinen. Das erste Mal seit Langem. Es fühlte sich komisch an. Mein ganzer Körper wurde durchgeschüttelt von merkwürdigen Krämpfen. Sie waren unkontrollierbar.

„Lass es einfach raus", flüsterte Maria.

Das machte mich irgendwie etwas wütend. Ich wollte nichts rauslassen, es gab auch nichts, was raus wollte. Mein Wahnsinn würde sowieso immer in meinem Kopf bleiben. Das hier war eine körperliche Überreaktion, die absolut unnötig war.

Sie nahm meine Hand und ich fühlte, wie kalt diese im Vergleich zu ihrer war. Von wegen Feuer und so. Maria hob sie hoch und hauchte darauf, um sie zu wärmen. Dann hielt sie sie an die Wange und ich spürte ihre zarte Haut. Ich beruhigte mich langsam und wischte mein Gesicht an dem weichen Schaffellärmel ab.

„Du weißt nicht, was für ein schlechter Mensch ich bin", murmelte ich mehr so zu mir selbst.

„Dann sind wir schon zwei", sagte sie nach einer längeren Pause.

Sie ließ mich los und legte ihre Hände an meinen Nacken, zog meinen Kopf zu sich, sodass unsere Stirnen sich berührten.

„Ich weiß nicht, was in dir vor sich geht, aber ich lerne jeden Tag von dir, das kannst du mir glauben", flüsterte sie und ich glaube es war das netteste, was jemals jemand zu mir gesagt hatte.

-8-

Am Abend lagen Silas und ich in der Dunkelheit und ich bat ihn, mir alles zu erzählen, was in der Zwischenzeit passiert war. Ich wollte stark sein und es mir anhören. Zu meiner Erleichterung sagte er nichts mehr davon, dass er gleich wieder fahren wollte. Aber ich ahnte, dass das noch nicht ganz vom Tisch war.

„Im Moment ist das größte Problem, dass die Software für die Güterverteilung Schaden genommmen hat und nicht mehr richtig funktioniert. An Updates und sowas ist gar nicht zu denken. Im Prinzip müsste das neu programmiert werden. Die Waren werden nur noch lückenhaft zugestellt, die ganze Organisation des Zugverkehrs, die Feststellung der Bedarfe, das läuft nur noch manuell, kannst dir vorstellen, wie gut das klappt", erzählte er.

„Kann das nicht irgendeiner machen?", fragte ich und legte Holz nach.

„Es ist ja die komplizierteste Software, die wir haben und das hat damals ein Team aus Informatikern ausgeklügelt, deren Leiter vor ein paar Jahren ausgerechnet zu den Nomaden übergelaufen ist."

„Wer?"

„Ein Chris Samper, kennst du ihn?"

„Ja", sagte ich und musste sofort an die lauen Sommernächte denken, die Nordlichter, unsere Gespräche. Es war irgendwie eine schmerzhafte Erinnerung, da ich das Gefühl hatte, ihn enttäuscht zu haben, obwohl er mir geholfen hatte. Genau wie Karlh. Mein Weg war gepflastert mit Männern, die ich schlecht behandelt hatte. Manche konnten was dafür, andere nicht.

„Auf jeden Fall sind bisher alle Versuche gescheitert, diese Software neu aufzusetzen. Das heißt, es gibt Versorgungsengpässe, mehr Hunger, Krankheit, Tod. Und eine Besserung ist nicht in Sicht."

„Also hatte ich zwar was erreicht, aber dann doch nichts."

Wir schwiegen und ich hörte, wie das Holz im Ofen knackte. Damit war mein selbstloser Einsatz für diese Welt unvorhersehbar sinnlos gewesen. Merkwürdig, und ich dachte die ganze Zeit, mein vermeintlicher Vatermord wäre so wichtig gewesen, jetzt war er es gar nicht mehr. Bloß eine Fußnote in der Geschichte, wenn man bedachte, dass viele Regionen der Welt ums Überleben kämpfen mussten.

„Naja, du hast dir hier auf jeden Fall das richtige Fleckchen Erde gesucht, scheint ja alles schön autark hier zu sein“, sagte Silas.

„Wie hast du mich hier überhaupt gefunden?“

„Nachdem du dich so Knall auf Fall aus dem Staub gemacht hattest, fragte ich mich immer wieder, ob die Nomaden da ihre Finger im Spiel hatten. Ich schaute immer nach den Meldungen, ob du gesichtet wurdest, zuletzt an dieser Bahnstation, dann musste ich mich durchfragen. Ich hatte unter anderem deiner Mutter versprochen zu schauen, ob es dir gut geht.“

Oh Gott, dachte ich. Meine Mutter. Schon wieder dieses Ohnmachtsgefühl, das ich ganz schnell verscheuchen wollte. Ich könnte ihr doch nie mehr unter die Augen treten. Musste ich auch nicht. Aber allein der Gedanke, dass sie die ganze Geschichte mit meinem Vater verkraften musste und dann noch dass ich sie so im Stich gelassen hatte… Das war zu viel für mich.

„Morgen breche ich wirklich auf“, setzte Silas noch nach, „mein Einsatz wird dringend für den Wiederaufbau gebraucht, es war sowieso reiner ungenehmigter Luxus, hierher zu reisen. Der reinste Wahnsinn, wenn man bedenkt, was da draußen los ist. Du musst wissen, mit der Moral der Menschen geht stark bergab. Diebstahl, Körperverletzung, Selbstjustiz, es ist alles ein wenig wirr geworden. Wenn die Verteilung nicht wieder auf Vordermann gebracht werden kann, dann weiß ich auch nicht."

„So schlimm? Das kann ich nicht glauben. Meine Güte, was ist nur passiert. Kann ich irgendwie helfen?"

„Nein, wirklich nicht. Hier ist ein guter Ort für dich. Ich würde auch sofort hier hinziehen. Etwas kalt. Aber sonst… Ich bin froh, dass du hier gut aufgehoben bist, nach all dem Stress. Tut mir leid, dass ich vorhin so gemein war. Nach all dem, was passiert ist, bin ich für Selbstfindungstrips gerade nicht so offen. Wahrscheinlich der pure Neid. Jetzt scheint mir mein Leben vor dem Sonnensturm auch eine einzige egoistische Selbstsuche gewesen zu sein, im Moment ist es eher ein Überlebenskampf, aber vielleicht dramatisiere ist das auch…"

Ich schämte mich für meine Äußerungen und sagte lieber nichts mehr. Wir schliefen ein.

Am nächsten Tag stellte sich heraus, dass niemand so genau wusste, wann der nächste Zug kommen würde. Und an der Bahnstation zu warten machte auch keinen Sinn. Maria, die jeden Tag zum Lernen ins Nachbardorf ging, wollte die Nachrichtenlage checken und uns informieren, wann die nächste Durchfahrt geplant war. Silas musste also noch bleiben.

So langsam fand ich meine Fassung wieder und es war sogar angenehm, nicht mehr allein hausen zu müssen. Die Abwechslung und Gesellschaft taten gut. Es kamen sogar plötzlich ein paar milde Tage und der große Frost wurde etwas weniger. Silas half mir beim Holzhacken, machte Ausbesserungen am Haus und kochte jeden Abend. Ich freute mich schon den ganzen Tag darauf und fürchtete den Tag seiner Abreise.

„Wie läuft deine Ausbildung?", fragte ich Maria, als wir uns zur Mittagszeit im Stall begegneten und den Schafen beim Kauen zuschauten.

„Gut, sehr gut", sagte sie und ihre Augen leuchteten. „Der Theorieteil ist enorm, aber spannend. Vor der Praxis habe ich einen Heidenrespekt. Ich würde gerne hospitieren, aber so wie es aussieht, sind wir hier nicht mehr mobil genug. Wer weiß, ob Silas hier überhaupt noch rauskommt?"

„Er kann nicht immer hier bleiben", sagte ich und biss mir auf die Unterlippe. Versuchte in meinem Kopf schnell nach etwas zu suchen, um das Thema zu wechseln. „Wie ist bei euch eigentlich die Versorgung mit Medikamenten und Lebensmitteln, die ihr von außen bezieht, ist es ausreichend?"

„Es ist dünner geworden und manchmal mache ich mir große Sorgen um die Kinder. Was passiert, wenn es nicht mehr ausreicht. Allein mit den Schafen und Kühen können wir uns nicht über Wasser halten. Glaubst du, es wird noch schlimmer?"

„Ja", sagte ich. „Meine Antwort auf diese Frage wäre immer ja. Von daher brauchst du nicht viel darauf geben. Ich hoffe einfach, ihr bleibt gesund. Aber dafür wirst du ja jetzt Ärztin."

„Klar. Ich heile dann alle."

„Sag ich doch."

Wir lachten uns an und gingen wieder auseinander. Ich fühlte mich nach dem Gespräch federleicht, es war ein seltsames Gefühl. Das Gegenteil vom Fliehen wollen.

Als es anfing zu dämmern, kehrte ich in mein Haus ein und legte mich auf mein Bett. Silas war am Lesen. Seine Augen waren konzentriert auf den Bildschirm geheftet. Das, was ich bis vor ein paar Monaten noch jeden Tag mehrere Stunden lang praktiziert und mir mittlerweile komplett abgewöhnt hatte. Es war eine richtige Befreiung, nicht mehr auf verschriftlichte Informationen angewiesen zu sein, sondern die Welt unmittelbar zu erfahren. Andere konnten sich gerne weiterhin damit befassen, aber für mich war es besser so.

Nach dem Essen ging er rüber zum Nachbarhaus, um sein Laptop aufzuladen. Als er zurückkam, war es schon längst dunkel.

„Peter hat gerade erzählt, dass der Zug wahrscheinlich übermorgen kommt", sagte er atemlos und ich schüttelte den Beinahe-Schlaf aus meinem Kopf.

„Was wirst du dann machen, sobald du wieder in Omsk bist?", fragte ich.

Silas setzte sich auf sein Lager und raschelte mit der Decke.

„Ich weiß es nicht. Die alten Strukturen haben sich irgendwie aufgelöst, die Vernetzung ist nicht mehr die gleiche. Wir bekommen Aufträge, aber nicht die notwendigen Ressourcen und das Bezahlen klappt auch nicht mehr, geschweige denn die Abstimmungen. Ich weiß gar nicht, wo man da anfangen soll."

„Eine neue Software."

„Aber wenn die im Moment keiner schreiben kann…"

„Vielleicht brauchen wir ein neues Weltsystem, das sich den veränderten Gegebenheiten anpasst", sagte ich und nahm einen Schluck von meinem Tee.

„Die Vision dafür fehlt. Alle haben sich zurückgezogen, vielleicht kommt jetzt das Zeitalter ohne das große Ganze. So wie früher, bevor es eine Vernetzung gab."

„Das ist schon lange her."

Jeder hing so seinen Gedanken nach und ich fragte mich, wie lange das sensible System noch aufrechterhalten werden konnte und wann es kippen würde. Oder ob dieser Prozess schon längst im Gange war. Dass bis vor ein paar Tagen diese Fragen mich gar nicht interessiert hatten und ich ein herrliches unwissendes Leben geführt hatte. Ich hatte Lust, rauszugehen und mir die Sterne anzuschauen, um wieder geerdet zu werden. Aber dann war mir das doch zu kalt.

„Ich hab gesagt, dass ich dich nicht mehr suchen werde", flüsterte Silas in die Schwärze.

Ich richtete mich auf, um ihn besser hören zu können.

„Stattdessen würde ich mir wünschen, dass du immer da wärst", sagte er noch leiser.

Ich runzelte die Stirn und fragte mich, was er meinte. Es klang wie ein Rätsel. Nichts, was wirklich Sinn machte.

Ich sagte das erste, was mir in den Sinn kam: „Ich bin nicht so gut mit Nähe. Es ist eine schwierige Angelegenheit."

„Ich glaube, das stimmt nicht. Ich habe dich auch anders erlebt."

„Ach ja?", erwiderte ich verblüfft und tastete nach der Tasse Tee, die auf dem Boden stand.

„Fürsorglich. Warm. Liebevoll."

Oh Gott, dachte ich, das klang so kitschig. Das war ich auf jeden Fall nicht. Silas musste mich ganz sicher mit einer anderen Reisebekanntschaft verwechseln. Ich legte mich wieder hin und starrte in die Nacht. Nur wenige Schemen ließen sich im Zimmer erkennen, durch das Flackern des Ofens. Mein Herz schlug schnell, ich merkte die Aufregung in meinem Körper. Nicht die Panik, die sonst das Adrenalin ausschütten ließ, etwas anderes.

„Weißt du was Silas", sagte ich und atmete tief ein, „ich bin einfach nur einsam, so würde ich mich beschreiben. Alles andere täuscht. Aktionismus. Einsamer Aktionismus hat dir ein falsches Bild von mir verschafft. Ich weiß nicht, wie Nähe funktioniert."

Dann richtete ich mich wieder auf. Ich konnte Silas nicht sehen, es war vielleicht besser so. Ich rutschte an die Bettkante und lauschte. Sein ruhiger Atem war zu vernehmen.

„Das ist okay", sagte er schließlich. „Wer weiß das schon."

Niemand sagte mehr etwas, obwohl ich mehrmals meinen Mund öffnete, um einen Satz zu formulieren, es kam aber nichts zu Stande. Stattdessen ergriff eine merkwürdige Energie meinen Körper, ich war hellwach und meine Sinne geschärft. Meine Gedanken leise. Langsam wie ein Chamäleon tastete ich mich nach vorne durch die Dunkelheit und hörte gleichzeitig, wie Silas mit der Decke raschelte. Mein Gehirn fühlte sich viel zu stark durchblutet und überfordert an, sodass es keine sprachlichen Signale mehr aussendete und nur noch wild klopfte. Ich musste immer tiefere Atemzüge nehmen, um die Sauerstoffversorgung aufrecht zu erhalten. Schließlich setzte ich mich neben Silas und lehnte mich dankbar ins Kissen, um diese körperliche Anstrengung hinter mir zu lassen. Ich spürte, wie er neben mir war. Sein Arm war zwischen mir und Kissen und ich fürchtete etwas um die Blutversorgung von ebendiesem. Meine Nase zog es zu seinem Haar und ich atmete

die Gerüche ein, die aus tausenden Facetten zusammengesetzt sein mussten. Ich dachte an Geborgenheit, ohne das Wort in meinem Kopf zu formulieren. An Wärme. Verbundenheit. Hatte gleichzeitig Angst, zu hyperventilieren, mein Körper fühlte
sich merkwürdig an.

Ich berührte seinen Hals und spürte die Sehnen und Muskeln unter der Haut, die Halsschlagader, die Wirbelsäule. Das lebende, pulsierende
Fleisch meines Gegenübers. Die feinen Härchen im
Nacken. Verletzlichkeit. Seine Hand an meinem
Rücken bewegte sich vorsichtig. Wir verschränkten uns immer mehr ineinander.

Wenn ich früher mal mit dem Fahrrad den Berg heruntergesaust war, konnte ich alles um mich herum vergessen. Ein seltener Zustand. Ich hatte auch Angst, an einer Wurzel hängen zu bleiben und über den Lenker zu fliegen. Deswegen gab's solche halsbrecherischen Aktionen nur selten, meistens im Frühling, wenn einen die Lust packte, rauszugehen. Der Wind streifte meine Unterarme, die Sonne brannte auf den Kopf, die Schwerkraft beförderte mich nach unten. Es ging alles so schnell und war so aufregend. Später schob ich mein Rad mühsam wieder nach oben und schwor mir, mir diese Mühe nie wieder zu machen. Ich war noch nie sehr sportlich gewesen.

Und dann gab es diese Momente, wenn einen vollkommen unvorbereitet der Schlag traf. In diesem Fall hörte ich ein Knacken über mir, einen dumpfen Schmerz und es wurde schwarz. Als ich wieder zu mir kam sah ich, dass ein Ast auf mich gefallen war. Ich lag auf meinem Fahrrad, es war mittlerweile dunkel geworden. Bewegte mich in die Senkrechte, alles schien noch an mir dran zu sein. Tränen flossen mir über das Gesicht, mein Brustkorb und Rücken schmerzte bei jeder Bewegung. Der Ast war nicht sonderlich groß gewesen, aber er hatte mich wohl ungünstig erwischt. Was blieb mir anderes übrig, als mein Fahrrad aufzunehmen und es weiter den Berg hochzuschieben.

Beim Atmen ächzte meine Lunge, als wären nur noch zehn Prozent von dem normalen Volumen übrig geblieben. Ich schluchzte vor mir hin und schleppte mich nach Hause. Dort war das Abendessen schon lange gelaufen und meine Mutter schaute mich vorwurfsvoll an. Ich ging in mein Zimmer und legte mich auf das Bett. Konnte die ganze Nacht vor Schmerzen nicht schlafen und hatte Angst, mich zu bewegen. Niemand schaute nach mir und ich erwartete es auch nicht.

Am nächsten Tag beschlich mich das Gefühl, dass etwas Fundamentales mit mir nicht stimmte. Jede kleinste Bewegung verursachte Schmerzen im Brustkorb. Ich konnte immer noch kaum atmen und fürchtete zu sterben. Ich überlegte, mich jemandem anzuvertrauen, wusste aber nicht wie. Meine Geschichte kam mir wie ausgedacht vor. Wie eine Ausrede, um den ganzen Tag im Bett liegen zu bleiben. Für meinen Schmerz kannte ich keine Worte, konnte ihn nicht lokalisieren. Es dauerte Wochen, bis es besser wurde. Für eine Achtjährige eine lange Zeit, in der ich wie eingeschlossen war in meiner Welt, ohne einen Draht nach außen. Ich war froh, wieder gesund zu werden, konnte die Geschichte aber nicht vergessen. Jeder Mensch auf der Welt war mit seinem Schmerz immer allein.

An diesem Morgen dachte ich das erste Mal anders darüber. Ich öffnete die Augen und schloss sie wieder. Helles Licht strahlte durch das kleine Fenster. Wir mussten lange geschlafen haben. Silas Arme lagen auf mir und unter mir. Seine Haut war warm und weich. Vielleicht gab es einzelne, kleine Momente, dachte ich, in denen die Einsamkeit überwunden werden konnte. Oder war es nur eine kurze Illusion in der Euphorie der romantischen Zweisamkeit, eine vermeintliche Heilung in der Spiegelung des anderen, die gleich wieder verflog. Ein zu einfaches Glücksversprechen, hervorgerufen durch körperliche Nähe. Und man war sich eigentlich ferner wie nie zuvor. Auf jeden Fall wollte ich mich nicht zu schnell darin reinsteigern, dass aus mir auf einmal ein anderer Mensch werden würde. Menschen meiden, Angst haben, vor Problemen wegrennen, das war meine Hauptbeschäftigung. Und wenn ich so darüber nachdachte, war das nichts, was ich anderen zumuten wollte. Silas hatte jemanden verdient, der seinen Einsatz würdigen konnte, der kommunikativ war und ihn unterstützte.

Ich nahm seine Hand und fühlte die rauen Stellen an den Fingerkuppen nach. Die eingerissenen Nägel, die verbogenen Fingergelenke. Die Knochen untendrunter, die alles zusammen hielten. Die Sehnen, die an den Handknöcheln deutlich zu spüren waren. Wurde schon wieder von der Nähe zwischen uns überwältigt. Und diesem angenehmen Gefühl, nicht allein zu sein, meine Emotionen und Gedanken teilen zu können. Gleichzeitig wollte ich um jeden Preis vermeiden, Silas in die Augen zu sehen, mit ihm reden zu müssen.

Seine Hand zuckte kurz und ich merkte, dass ich zu fest gedrückt hatte in Folge der komplizierten Abwägungen. Er bewegte sich und ich überlegte, mich möglichst unauffällig in meine Arbeit zu flüchten. Es war nur ein kurzer Gedanke. Ich wollte eigentlich nicht weg.

„Du denkst wohl hoffentlich nicht darüber nach, zu gehen", sagte Silas auf einmal verschlafen und ich fühlte mich sofort durchschaut.

Konnte er meine Gedanken lesen, weil wir tatsächlich auf einer Wellenlänge schwammen oder war das jetzt einfach leicht zu erraten. Auf alle Fälle wollte ich jeglichen zwischenmenschlichen Zauber, der aufkommen sollte, sofort entlarven und verscheuchen. Für romantischen Hokuspokus hatte ich keinen Platz in meinem Leben. Gegen gemeinsame Verbundenheit hatte ich nichts. Solange sie frei war von sozialem Firlefanz.

Er drückte mich fest an sich und ich spürte sein Gesicht an meinem Hinterkopf. Wie die Schädelknochen bei einander anklopften und ihresgleichen erforschten. Die Hände sich in einander verknoteten, bis die Übergänge nicht mehr so klar waren. Ich fiel wie in einen Traum. Irgendwo spürte ich noch die Unsicherheiten im Hintergrund herumlungern, aber sonst war alles so wortlos, haptisch und warm. Nein, ich fühlte mich nicht total glücklich und auf irgendeiner Wolke schwebend. Sondern fragil, unvollkommen und verwirrt. Auch allein. Ich war froh, dass das alles dazu gehörte, sonst wäre ich sehr skeptisch geworden. So war es kein Traum, sondern real.

Später mussten wir aufstehen, weil die Raumtemperatur erheblich gesunken war. Ich legte mehr Holz nach und rannte nach draußen. Völlig unerwartet regnete es. War es so warm? Ich konnte es nicht glauben. Klopfte bei Maria.

„Es tut mir leid, dass ich heute nicht im Einsatz war", stammelte ich, als sie die Tür öffnete.

„Ist doch nicht schlimm", sagte sie und ich lief hinein.

„Ich…ich…", stotterte ich herum und wedelte mit meinen Händen. Merkte, wie mein Körper sich anders anfühlte als sonst. Kribbelig, aber auch von einer Last befreit. Maria lachte mich an, so, wie ich das von ihr nicht gewohnt war. Wir schmunzelten wie zwei Teenager. Doch im nächsten Moment wurde ich ernst.

„Glaub mir, ich würde gerne bleiben", setzte ich an, „aber es gibt noch etwas zu erledigen. Ich muss fort."

„Es war mir vom ersten Tag an klar, dass du nicht ewig unsere Nachbarin sein wirst. Natürlich bin ich traurig, dass du so plötzlich weg musst. Wer fragt mich für meine Prüfungen ab?"

Wir setzten uns an den kleinen Tisch und ich kratzte mit den Fingernägeln in dem weichen Holz herum.

„Ich würde gerne versprechen wiederzukommen, aber ich weiß nicht, ob ich das kann. Ihr habt hier so ein schweres Leben, aber auch so eine entspannte Stimmung, ich werde das vermissen."

Maria senkte ihren Blick und ich vermutete, dass sie das anders sah. Der lange Winter steckte uns noch tief in den Knochen. Die Sonne hatte sich fast nicht blicken lassen. Die grauen Haare in ihrem Scheitel waren dichter geworden, die Augenringe dunkler. Irgendwo knackte das Holz im Haus, als es vor sich hin arbeitete.

„Wer weiß, wie lange wir hier noch ausharren", sagte Maria schließlich. „Die Versorgung wird immer schlechter und die politische Lage ist ja wohl sehr düster. Ich sehe schwarz, wirklich. Denn autark können wir uns nicht über das Wasser halten. Wir brauchen Schmerzmittel, Antibiotika, Ersatzteile für die Windkraftanlagen und die Haustechnik, das Schwarmwissen des Internets, von Zucker und Salz ganz zu schweigen."

Ich seufzte. „Eine unsichere Zukunft. Ich wollte es verhindern, aber es war schon zu spät."

„Was du gemacht hast, war unglaublich", sagte Maria und fixierte mich mit ihrem Blick.

„Sag das nicht", zischelte ich und wedelte vor ihrem Gesicht herum, wie um die Wörter aus ihrem Mund zu verscheuchen. Dann wurde mir ganz warm vor Aufregung. Sie wusste, wer ich war.

„Es stimmt nicht, es stimmt nicht", beschwor ich weiter. „Seit wann..."

„Wir lesen auch die Nachrichten, es war schließlich ein Großereignis. Glaubst du ich spreche jeden Tag nur mit meinen Schafen?“

Ich schnaubte und rang etwas um Fassung. Mein Versteck war vielleicht keins.

„Pass auf“, sagte sie und tippte mich kurz am Unterarm an, „es war mir egal, was sie über dich geschrieben haben. Ich wollte nur sicher sein, dass du kein Schwerverbrecher warst.“

„Bin ich aber“, unterbrach ich sie, aber sie reagierte gar nicht darauf.

„Wenn du irgendwas brauchst, wir sind immer für dich da. Sag es nur.“

Ich kratzte mich an der Schläfe. „Ja“, sagte ich, „ich hätte eine große Bitte an euch. Sag ruhig, wenn es zu viel ist, ich finde einen anderen Weg. Wirklich.“

„Was ist es?“

„Ich bräuchte ein Fahrrad.“

-10-

Der graue Matsch schmatzte wie aufgequollene alte Milch unter unseren Schuhen, die Sonne heizte ihn noch weiter an, sodass den ganzen Weg über ein subtiles schäumendes und gärendes Geräusch zu hören war, das sich über das ganze Land gelegt hatte. Nach der Kälte kam jetzt das Leben auf die Erde zurück, aber so aufdringlich und wenig vornehm, so schmierig, braun und sämig, dass es mehr an eine Urbrühe erinnerte als an den Frühling.

Wir versuchten möglichst die großen Schlammlöcher zu umgehen, aber auch an den Seiten waren die Wege bereits nach kurzer Zeit aufgeweicht und nicht begehbar. Unsere Schuhe versanken immer wieder bis zu den Knöcheln in der braunen Schlacke und beim Versuch, sich auf ein trockenes Fleckchen zu retten, landeten wir öfter in noch tieferen Pfützen. Dass ich nebenher noch das Fahrrad schieben musste, machte die Sache nicht einfacher. Auch nicht, dass wir wieder mal spät dran waren, weil wir so langsam vorankamen. Ich hatte keine Uhr und keine Ahnung, ob die

Züge pünktlich kamen oder nicht, aber wiedermal das Gefühl, diese eine Verbindung kriegen zu müssen, sonst wäre alles zu spät.

Aber zunächst galt meine ganze Aufmerksamkeit, zu den modernen Transportmitteln zu kommen, ohne vorher bis zum Hals im Sumpf zu versinken oder das frisch gewartete Fahrrad zu ruinieren. Silas und ich sprangen mal rechts mal links vom Weg wie zwei aufgescheuchte Moorhühner und versuchten uns mal auf ein Stück Holz, einen Stein oder eine andere trockene Stelle zu retten. Ich schwelgte dabei in den Erinnerungen an asphaltierte Straßen und allgemein die Vorzüge des urbanen Lebens. Kläranlagen, die Wasser aufbereiteten, sodass man es nicht aus dem Brunnen holen musste. Flächendeckende Stromversorgung. Ein Zahnarzt vor Ort und nicht eine halbe Weltreise entfernt. Andererseits keine Schafe. Eine schwere Wahl.

„Wie lange hast du mit dem Zug hierher gebraucht?", fragte ich.

„Eineinhalb Tage. Direktverbindung. Kalt und ungemütlich. Hat mir einen steifen Nacken und Nierenschmerzen eingebracht. Einmal wären wir fast liegen geblieben, zu starke Schneeverwehungen, wir kamen nur im Schritttempo voran. Dann ist noch eine Frau an einem Herzinfarkt oder sowas gestorben, es war fast unmöglich sie zu begraben. Hat uns auch wieder viele Stunden gekostet. Ich dachte schon, ich komme nie an."

Die Freuden des Bahnreisens, ich hatte sie schon fast vergessen.

„Du musst in Omsk mindestens mal ein paar Tage Rast machen", fuhr Silas weiter fort, während wir durch das kleine Wäldchen liefen, in dem es mit dem Matsch besser war.

„Das würde ich gerne, aber…"

„Mindestens brauchst du neue Kleidung, Proviant, Ausrüstung, Medikamente, weiß der Teufel was."

„Es wäre dumm, den Zug zu verlassen und möglicherweise wochenlang auf den nächsten zu warten. Ich hab das Gefühl, ich kann keine Zeit verlieren."

Unsere Blicke trafen sich kurz, bis ich wieder nach unten schaute.

Stunden später saßen wir total erledigt in einem halbleeren Waggon und dösten aneinander gelehnt vor uns hin. Ich lauschte Silas' Atem, der in einem anderen Rhythmus als der Räder sich hob und senkte. Betrachtete unsere schlammverschmierten Beine und fragte mich, wie wir das

Zeug jemals wieder runter kriegen sollten. Vielleicht trocknete es und fiel von allein ab.

Hier und jetzt hatte ich das Gesellschaftssystem wieder betreten und begann mit den Interaktionen. In meiner Bauernhütte lungerte ich eher am Rand dessen vor mir hin und konnte selbst entscheiden, zu interagieren oder es zu lassen. Das war natürlich nur eine Illusion. Aber eine schöne. Der Außenseiter, der niemanden braucht. Und wie unangenehm, dass gerade ein Mann kommen musste, um mich da rauszuholen. Kitschiger wurde es wohl nicht. Diese neue Situation war okay, aber es waren auch Herausforderungen, die mich verunsicherten. Was erwartete sich Silas von mir und welche Hoffnungen hatte ich, die ich mir jetzt vielleicht nicht eingestehen wollte, um nicht später enttäuscht zu sein?

Mir kam ein Film in den Sinn, den ich vor Jahren mal gesehen hatte. Aus einer Zeit, als für sowas noch Ressourcen da waren. Ich dachte an die Protagonisten, die sich bedeutungsvoll in die Augen schauten, Tränen vergossen, Liebesschwüre erbrachten, Zukunftspläne schmiedeten, Hochzeiten rauschend feierten, es war ein stundenlanges Aneinanderreihen von Leidenschaft, Unglück, neuer Hoffnung und einem seligen Ende voller Erfüllung. Also nichts, was noch irgendwas mit der heutigen Realität zu tun hatte. Deswegen schaute auch niemand mehr den alten Kram, auch wenn er theoretisch zur Verfügung stand.

Man müsste in diese Liebesgeschichten etwas… Unabgeschlossenes, Uneinheitliches, ein paar schiefe Ebenen, nicht aufgelöste Missverständnisse, eine grundlegende Verzweiflung und vieles mehr einstreuen, dann würde es vielleicht hinhauen. So war es vielleicht wie ein Märchen, mit merkwürdigen Figuren, absurden Handlungssträngen und einem happy end.

Davon war ich weit weg. Der aktuelle Liebesdiskurs drehte sich eigentlich nur noch um die effektive Gestaltung des Zusammenlebens von Menschen, die sich als Gütergemeinschaft verstanden. Und natürlich verliebt waren, das spielte immer noch eine Rolle. Aber mir schien Liebe war früher was anderes, den Filmen und Romanen zu Folge ein Hochgefühl, das wunderschön und sinnesraubend war. Jetzt war es mehr der Moment, in dem man kurz seine Existenzängste vergaß. So ging es mir zumindest, wenn ich Silas anschaute. Vielleicht auch Geborgenheit. Schutz. Vergessen.

Waren das meine Erwartungen, die so bald enttäuscht werden würden? Ich atmete tief durch.

„Was machst du, wenn dir die Kälte der Welt unter die Haut kriecht?“, fragte ich Silas leise, ohne zu wissen, ob er schon eingeschlafen war.

Es blieb länger still und ich winkelte mein Bein etwas an, da mein rechtes Knie in ausgestreckter Position angefangen hatte zu schmerzen. Langsam schabte es dabei über das Metall.

„Ich weiß, dass es nur vorübergehend ist. Es wird besser. Ist bisher immer so gewesen“, sagte er.

So viel Naivität. Aber auch beneidenswert. Warum konnte ich nicht so denken?

„Meine Mutter hat immer gesagt, es wird alles gut. Einfach aber wirksam, bislang hat das zugetroffen“, fügte er an.

„Nee“, erwiderte ich. „Das ist zu simpel. Niemand kann ernsthaft so denken, oder? Ich male mir jetzt auch nicht immer das Schlimmste aus“, und damit meinte ich, ich malte mir immer das Schlimmste aus, „aber so ein bisschen Realitätssinn braucht man doch, oder?“

„Nein“, sagte er und zog das Wort ganz lang. „Man kann es auch einfach auf sich zukommen lassen, ohne Schreckensszenarien. Oder denkst du da an die Nomaden? Wenn du Bedenken hast…“

Ich schüttelte den Kopf. „Es gibt kein Zurück. Ich dachte an uns beide, ob unsere Geschichte unseren Erwartungen gerecht werden kann, ob in der Welt Platz ist für sowas…"

„Du musst mir versprechen, dass du nach Omsk zurückkehrst."

„Ja."

-11-

Nachdem sich unsere Wege getrennt hatten, wurde der Regen endlich weniger. Ich schwang mich auf mein Fahrrad und holperte einen Feldweg entlang. Mein Magen fühlte sich leer und flau an, mein Kopf leicht und federnd. An diesem Morgen brannte die Sonne in mein Gesicht und ließ die Luft flirren wie in einem Stromkraftwerk. Automatisch musste ich an meinen Vater denken und seinen alten Job dort, den er jetzt wohl an den Nagel gehängt hatte, um Anführer einer Rebellentruppe zu werden. Sofort überkam mich das Verlangen, ihn nochmal was Scharfes zwischen die Rippen zu stoßen und ich musste dieses Gefühl abschütteln. Es war nicht richtig so zu denken.

Ich konzentrierte mich auf meinen Weg. Im Zug hatte ich genug Zeit gehabt, die Karte ausgiebig zu studieren. Die Position der einzelnen Dörfer, Felder, Wälder und technischen Anlagen. Mich interessierte die Gegend südwestlich von Omsk, die vor zehn Jahren von der Versorgung abgeschnitten wurde. Waldbrände, Überschwemmungen und Heuschreckenplagen hatten damals dazu geführt, dass auch der letzte seinen Wohnsitz geräumt hatte. Auch wenn die Erde noch sehr fruchtbar war. Zu viel war zerstört worden. Erdrutsche hatten den Weg für die Eisenbahn für immer abgeschnitten, das Holz in den Wäldern abgebrannt, Missernten und Hungersnöte trieben die Bewohner, die noch mobil waren, weg.

Immer wieder versuchte ich mich dabei intensiv in das Denken meines Vaters hineinzuversetzen. Wo würde er hingehen, wo sich niederlassen. Er wollte sich mit den anderen versteckt halten, aber nicht so weit abseits, dass er keine Verbindung mehr zur Zivilisation hatte, denn darauf waren sie angewiesen, da sie nicht autark leben konnten. Sonst könnten sie auch gleich nach Australien ziehen. So ein Spiel zwischen Nähe und Distanz. Komm mir nicht zu nah, geh aber nicht so weit weg, weil ich dich brauche. Wobei mein Vater eher jemand war, der die Menschen – auch die, die ihm nah standen – weit weg halten wollte. Eigentlich sollte so jemand keine Familie gründen. Warum hatte er es trotzdem getan, und dann gleich noch mehrfach. War es eine stille Sehnsucht nach Geborgenheit, die dennoch niemand für ihn erfüllen konnte, weil er niemanden nah heran ließ. Eine Mischung aus Mitleid und Wut stieg in mir bei dem Gedanken auf. Er war lieblos, schon immer gewesen. Warum lief ich ihm dann hinterher?

Die Sonne überforderte mich etwas mit ihren Photonen. Das Licht war zu grell, der Raum um mich zu groß. Ganz anders als die bergige und waldige Landschaft bei meinem letzten längeren Ausflug in die Natur, als ich Silas gesucht hatte. Hier war alles unendlich weit, der Himmel riesig. Neben mir ein früheres, vor Unkraut überwuchertes Feld, aus dem es zirpte. Schwarze Vögel kreisten am Himmel. Sie konnten im Gegensatz zu mir wesentlich müheloser vorankommen. Gäbe es doch wenigstens noch Segel- oder Solarflugzeuge, ich hätte sofort darauf zurück gegriffen und müsste mich jetzt nicht so abstrampeln. Wie eine Ameise, die den Mount Everest erklomm fühlte ich mich. Die Wälder in der Ferne rückten nicht vom Fleck, als würde ich auf der Stelle treten. Stunden um Stunden ging das so. Irgendwann fing ich sogar an, Menschen zu vermissen. Irgendjemanden, mit dem ich mich hätte austauschen können. Nachdem ich so lange bei Peter und Maria gelebt hatte, fehlte mir das tatsächlich. Unkomplizierte Ansprechpartner, die einen vor dem verrückt werden bewahrten.

Besonders abends wurde mir das klar. In der Grenzenlosigkeit der Gegend fehlte mir irgendwas zum Festhalten. Es wurde dunkel und die Schwärze des Weltraums legte sich über alle Dinge. In den Sternenhimmel blickend hatte ich fast Angst, von der Exosphäre verschluckt zu werden. Ich kugelte mich ein und versuchte die Leere zu verdrängen, die sich in mir ausbreitete.

Am nächsten Tag hatte ich latent das Gefühl, die Orientierung verloren zu haben. Bei einer Abzweigung wusste ich nicht mehr wirklich, in welche Himmelsrichtung diese führte, entschied mich aber dafür sie zu nehmen, weil die abgebrochenen Grashalme den Eindruck erweckten, hier wäre schon mal jemand durchgelaufen. Vom vielen Fahren tat mir mein Hintern weh, der Rücken fühlte sich an wie Gummi und meine Hände wie verbogen. Ich trat mühevoll in die Pedale und hatte doch nicht das Gefühl, mich vorwärts zu bewegen. Die Landschaft surrte immer noch surreal um mich herum als wäre ich auf einem riesigen Salzsee unterwegs und würde auf der Stelle treten, dabei stetig von der Sonne versengt. Langsam machte ich mir Sorgen um meine Wasservorräte, denn hier hatte ich keine Ahnung, wie ich sie auffüllen sollte und es sah auch nicht aus, als würde es bald mal regnen.

Im Zickzack holperte ich über etwas, das halbwegs als Weg zu erkennen war. Jeder Meter entmutigte mich mehr. Die Landschaft war mir so fremd wie bei einer Mondlandung, das Klima zu heiß und ohne den winzigsten Schatten, die Erfolgsaussichten meines Vorhabens bescheiden. Nachts hatten die Mücken sich über mich hergemacht und mein ganzer Körper juckte erbärmlich. Mein Magen verlangte nach Essen. Und hier wuchs nur Unkraut. Egal wo ich hinschaute, meine Enttäuschung nährte sich an allem. Genauso wusste ich, dass Umkehren keine Option war. Lauter kleine Einzelentscheidungen hatten dazu geführt, dass ich jetzt über Stock und Stein kurvte, das konnte ich nicht rückgängig machen.

Abends hörte ich die Wölfe heulen und fürchtete mich. Es gab keinen Ort, an dem ich mich hätte verstecken können. Ihre Laute waren wie ein schlechtes Omen. Schlimme Dinge würden passieren, das wurde mir klar. Wenn es keine Rückkopplung mit anderen Menschen mehr gab, dann bekam die Welt ihre eigene Sprache und ihre eigenen Zeichen, die eine Geschichte erzählten, da war ich mir sicher. So wie der Fuchs, den ich auf meiner letzten Reise gesehen hatte, deuteten die Wölfe, die ich nur hören konnte und ihren Standort nicht kannte, auf eine lange Kette von Unglücken hin, die mir widerfahren würden. Angefangen vielleicht damit, dass ich auf einem Fahrrad vor einer Horde Raubtiere flüchten müsste. Meine Angst ließ mir das Blut gefrieren. Schutzlos war ich, wie immer auf dieser Welt, ohne Rückzugsort, ohne Sicherheit. In dieser Nacht schlief ich wie mit offenen Augen, ein paar Träume schummelten sich unter das Adrenalin, doch der Großteil meines Bewusstseins blieb wachsam.

Morgens konnte ich nicht weiterfahren, die Kraft hatte mich verlassen. Ich schob erstmal halbherzig das Rad, wollte bis zu einem Wäldchen kommen, das sich am Horizont abzeichnete. Die letzten paar Schlucke Wasser sparte ich mir eisern auf, aber am heutigen Abend würden sie auch verbraucht sein. Meine Körpermitte schmerzte von was auch immer. Ein paar Tage ohne Zivilisation und schon war ich verbraucht wie nach einer Pilgerfahrt. Das war doch übertrieben.

Ich dachte zurück an Silas. Vielleicht war es besser, wenn wir uns nicht mehr wiedersehen würden. Jetzt mit ein paar Tagen Abstand… vielleicht war unser Zusammensein übereilt gewesen. Es hatte sich alles gut angefühlt, aber wenn man ehrlich war, auch überdeckt von einem Hormonrausch, der nichts mit der Realität zu tun hatte. Es wäre besser, wenn wir unser jeweilig eigenes Leben wiederaufnahmen, was das auch immer war. Silas dachte bestimmt ähnlich, denn er war ein kontrollierter und bodenständiger Mensch, der mich nur zu gut kannte. Wir beide eine nette Zufallsbekanntschaft mit jeder Menge eignem Ballast und Sorgen. Dass in der Zweisamkeit kein Heil oder Segen zu finden war keine Neuigkeit für uns. Es war trotzdem eine nette Geste gewesen, dass er mich suchen kam und ein paar Tage blieb. Dabei sollte es bleiben. Dass wir uns irgendwann annerven, streiten, beschimpfen, zum Teufel wünschen würden, das würde ich nicht aushalten. Das war nicht richtig. Das wäre unwürdig. Das würde noch mehr schmerzen als jetzt im gegenseitigem Einvernehmen getrennte Wege zu gehen. Und dass Menschen für immer gemeinsam glücklich sein könnten, das konnte mir niemand erzählen. Ich hatte dieses Glück in meiner Familie zur Genüge gesehen. In allen Details erforscht. Vertrauen, Liebe, Verbundenheit, das waren die einzelnen Puzzleteile einer großen Tragödie, die ich sowieso für immer mit mir herumtragen musste, ausbauen musste man sowas aber nicht.

Ich blieb stehen und realisierte erst jetzt, dass sich hinter dem Wäldchen ein Dorf materialisiert hatte. Einfach so. Es war noch einigermaßen weit

weg, aber die Häuser waren eindeutig zu erkennen. Ich wäre am liebsten gleich jubelnd hinge-
rannt, das ging natürlich nicht. Ich setzte mich in
den Schatten der Bäume und überlegte mir, wie
ich vorgehen sollte.

Es hätte natürlich auch irgendeins von den vielen verlassenen Ortschaften sein können, es gab sicherlich dutzende davon. Aber die Häuser hier sahen zum einen nicht so stark zerfallen aus, die Bahnstation war nur zwei Tage weit weg und der umliegende Wald und die Felder boten gute Voraussetzungen für die Versorgung.

Ich trank meinen letzten Schluck Wasser und beobachtete. Aus der Entfernung konnte ich nicht allzu viel erkennen. Um näher heran zu gehen musste ich warten, bis es dunkel war, sonst war es zu gefährlich.

Rauch stieg auf. Es tat sich tatsächlich was. Mein Körper kribbelte vor Aufregung. Es war wunderbar. Wie sollte ich jetzt nur vorgehen, wie Chris finden. Ich brachte mein Fahrrad in das Wäldchen und bedeckte es mit Ästen so gut es ging. Lehnte mich bequem zurück und wartete, bis die Sonne sich senkte. Ihr Licht wurde immer voller und sanfter, die Schatten flirrten um mein Gesicht, der Wind leicht und kühl. Ich sah noch die Schäfchenwolken vorbeiziehen und dachte an die

Wölfe, die grauen Wölfe, die ihren langen Schatten vorausgeworfen hatten, daran konnte auch der verspielte Himmel nichts ändern. Hinter ihm lauerte die Fremde und das Unheil.

Dann fiel ich schon in einen plötzlichen und schweren Schlaf, der mich komplett mitriss. Mehrere Träume überlagerten sich gleichzeitig in meinem Kopf und begruben mich unter sich wie ein Haufen Steine. Wie immer rannte ich dabei ziellos umher, der Boden brach mir weg, ich schwamm, obwohl ich das niemals gelernt hatte, tauchte unter, fand mich in einer Ruine wieder, verlor mich in den Tiefsee-Labyrinthen, wurde von einer überdimensionalen Hand wie ein kleiner Stein herausgefischt und weit weg geschleudert, das ging immer so weiter.

Schließlich schreckte ich hoch und sah meinen hellen Atem vor mir kondensieren. Es war schon tiefste Nacht und stockfinster. Mein Mund trocken und klebrig. Den günstigen Zeitpunkt der Dämmerung hatte ich nun verpasst. Am Himmel waberte die Milchstraße, aber vom Mond war nichts zu sehen.

Ich schlich mich lautlos und auf jeden Schritt bedacht in die Richtung des Dorfes. Grashalme raschelten an meinen Hosenbeinen. Nicht sichtbares

Kleingetier wich mir aus. Es war unklug, jetzt loszugehen, das war mir bewusst. Andererseits trieb mich irgendwas dazu, warten wollte ich nicht mehr. Ich musste irgendwas trinken. Was wäre, wenn sie Hunde hatten? Schnaufend kam ich zum ersten Haus, das aus einfachem Holz konstruiert war. Da stand ich nun wie angewurzelt und konnte nicht vor und nicht zurück. Ich wollte Chris finden, aber wie? Ein Klingelschild hatte er wahrscheinlich nicht irgendwo angebracht. Ich ärgerte mich über meine eigene Dummheit und die Unfähigkeit, gute Pläne zu entwerfen. Ging schließlich ums Haus herum. Dort war kein Brunnen. Lief zum nächsten Hof. Streifte dabei einen Metalleimer, der laut schepperte. Es klang wie ein ganzes Orchester aus Becken und klingelte in meinen Ohren. Ich stolperte schnell zu einer Hauswand und verkroch mich hinter einer Regentonne.

Doch nichts rührte sich. Nur der Wind raschelte gespenstisch durch die Tomatensträucher. Nach einer Ewigkeit kroch ich wieder hervor und entdeckte einen Brunnen in der Mitte des Hofs. Ich traute mich nicht, Wasser hervorzuholen, fand aber einen Krug daneben, in dem noch genau drei Schlucke drin waren. Schlich mich wieder an den Rand des Dorfes von dannen. Das Gelände war riesig, so viele Häuser, Ställe und Höfe. Es machte mir Angst, diese Unübersichtlichkeit, diese Dunkelheit, in der man nur Schemen erkennen konnte. Vielleicht wurde ich auch schon längst beobachtet, aus den Ritzen der Holzbretter. Vielleicht war ein Gemurmel zu hören, ein Wispern und Rascheln, ein Knarzen und Schieben.

Ich stolperte fast über einen großen Haufen Sperrholz und verkroch mich dahinter. Wartete auf den Sonnenaufgang. Das Vogelgezwitscher ging schon vorher los. Die Sterne verschwanden vom Himmel. Mein Kopf war schwer und träge geworden, einen klaren Gedanken konnte ich nicht mehr fassen. Dann kamen die ersten Stimmen. Ich sah durch die Ritze einen Mann herumstapfen, zum Glück kam niemand in meine Nähe. Es wurde immer trubeliger. Kindergeschrei, Hühnergegacker, Hämmern und Sägen. Ich überlegte, einfach raus zu kommen und quer durch das Dorf zu marschieren. Aber jeder hätte mich erkannt. Ich musste warten, bis es wieder dunkel geworden war. Diesmal ohne einzuschlafen. Ich legte mich möglichst flach unter die Bretter und kramte aus der Jackentasche noch ein letztes Stück Brot hervor. Das war öde, unbequem und wenig erfolgversprechend. Ich döste so vor mir hin und dachte an all die Gestalten aus der Nomaden-Gruppe, die ich möglichst nicht wiedersehen wollte. Es war unangenehm, ihnen wieder so nahe zu sein. Mein Magen drehte sich fast um.

Da hörte ich, wie jemand den Namen von Chris rief. Ich schreckte hoch und stieß mir den Kopf an einem rostigen Nagel, was entsetzlich schmerzte. Zum Glück nur eine kleine Schramme. Durch die Bretter sah ich ihn für einen Moment aus einer Hütte auftauchen und hinter einem Zaun wieder verschwinden. Schnell schaute ich mich um und sah sonst niemanden. Kroch hervor und rannte zu diesem besagten Haus. Alles ohne einmal ein- oder auszuatmen. Und mit dem Gefühl im Nacken, gleich von einem Pfeil durchbohrt zu werden.

Tausend Schweißperlen standen am ganzen Körper, als ich durch die Tür schlüpfte und in einem großen, kaum eingerichteten, menschenleeren Raum stand. Ich setzte mich an die Wand gelehnt und ließ das Adrenalin erstmal durchrauschen. Verflucht, war mein Leben wieder anstrengend geworden. Kurz darauf und mit langsamen Schritten kam Chris hinein.

-13-

Er gab als erstes ein merkwürdiges Geräusch von sich, es klang wie von einem aufgescheuchten Truthahn. Sein Gesichtsausdruck war beinahe komikhaft, wenn er nicht so verstörend gewesen wäre.

„Was machst du hier?", keuchte er und schloss die Tür sorgsam hinter sich.

„Ich muss mit dir reden", sagte ich.

„Was?", er schaute mit irrem Blick umher, als würde er etwas suchen. „Wissen die anderen, dass du hier bist?"

Ich schüttelte bedächtig den Kopf.

„Wie hast du…", stammelte er und lief auf und ab. „Du musst gehen, sofort, du kannst nicht hier bleiben."

Er stürmte heraus. Ich war etwas überfordert. Hatte so lange meine große Rede vorbereitet und jetzt? War Chris in der Zwischenzeit verrückt geworden? Wenigstens fand ich in einem Topf noch den Rest einer Kartoffelsuppe, den ich herunterschlang. Würde Chris gleich mit meinem Vater im Schlepptau auftauchen? Meine Beine fühlten sich wackelig an. Ich setzte mich wieder und dachte daran, wie ich einmal zu Hause eine Scheibe zerschlagen hatte. Aus Versehen zu stark dagegen geklopft und das Ding brach in sich zusammen. Es war Herbst und verdammt schwer, einen Ersatz aufzutreiben. Mein Vater kam abends nach Hause, schaute sich die Sache an und strafte mich mit einem langen Blick voller Verachtung. Es tat mir ja auch wahnsinnig leid, aber es war einfach ein Missgeschick gewesen. Zwei Wochen sprach er nicht mit mir und wir versuchten, uns aus dem Weg zu gehen. Irgendwann endlich wurde die Ersatz-Scheibe geliefert und mein Vater setzte sie ein. Ich traute mich in dieser Zeit kaum mehr, irgendwas im Haus anzufassen. Aus Angst, noch mehr kaputt zu machen und dann von meinem Vater rausgeworfen zu werden. Es tat mir immer noch leid, durch meine Tollpatschigkeit so viele Umstände verursacht zu haben. Ich war auch wütend. Auf mich und auf ihn. So viel Unausgesprochenes. Er musste mich schon lange gehasst haben.

Die Tür ging auf und Chris kam wieder rein.

„Du musst sofort gehen", sagte er unvermittelt. „Bitte, du kannst nicht bleiben."

„Lass mich erklären…", ich stand sofort auf und merkte, wie mir kurz schwindelig wurde.

„Du bringst mich in Schwierigkeiten, verstehst du das? Ich muss Jaeck holen, wenn du dich weigerst zu gehen."

„Jetzt hör aber auf", ich ging auf ihn zu und stellte mich direkt vor ihm auf. „Was bist du für ein Schisser geworden. Hat Jaeck euch jetzt alle unter seiner Fuchtel? Kannst du noch eigene Entscheidungen treffen? Ich bin hierher gekommen, um dich nach Omsk mitzunehmen, du musst mir helfen die Verteilungs-Software wieder zum Laufen zu kriegen."

„Bist du verrückt? Warum sollte ich das machen?", erwiderte er und lief an mir vorbei in eine andere Ecke des Raums.

„Weil du sie programmiert hast. Lass uns heute Nacht aufbrechen, ich habe ein Fahrrad, damit haben wir einen Vorsprung und können nicht eingeholt werden. In zwei Tagen sind wir bei der Bahnstation. In Omsk können wir untertauchen."

„Es tut mir leid", sagte Chris und setzte sich auf den Boden auf ein Kissen. „Es gibt kein Zurück für mich."

„Du kannst mir doch nicht erzählen, dass du hier glücklich bist. Das sehe ich dir an der Nasenspitze an, dass das nicht so ist. Die Nomadengesellschaft ist zum Scheitern verurteilt, repressiv, dogmatisch, reaktionär. Schau dir doch mal die

Menschheitsgeschichte an, solche Konstrukte hatten bisher außer Leid und Ausbeutung nichts hervorgebracht. Du kannst jetzt den Unterschied machen und aus dieser Maschinerie ausbrechen.“

Chris schaute auf den Boden. Ich setzte mich direkt gegenüber von ihm. Das Gespräch lief nicht so, wie ich es antizipiert hatte, ich musste improvisieren, es stand schließlich alles auf dem Spiel.

Ich nahm seine Hand, auch wenn es mich viel Überwindung kostete.

„Zwischenmenschliche Nähe wirst du hier wie dort nicht finden“, setzte ich an. „Das weißt du doch, oder? Das hier wird immer ein unehrliches Leben bleiben, bis zum Schluss. Das kannst du doch nicht wollen.“

„Du verstehst leider nichts davon“, erwiderte er und zog seine Hand langsam zurück. „Es ist besser als allein sein. Mit anderen zusammenleben ist nie reibungslos. Für mich überwiegen die schönen Momente.“

„Das glaube ich dir nicht. Findest du es ernsthaft in Ordnung, auf wehrlose Menschen mit Pfeil und Bogen loszugehen? Würdest du das auch machen?“

„Du hast deinen Vater niedergestochen“, flüsterte er und hob seinen Kopf.

Da musste ich schlucken. Er hatte Recht. Ich hatte mich in Rage geredet und dabei ein paar Sachen vergessen. Wichtige Sachen. Chris stand auf und ging wieder raus.

Ich fühlte mich hundeelend und rollte mich in einer Ecke zusammen. Es wurde langsam Abend. Diese Nacht wollte ich noch dableiben, morgen früh, bevor es hell wurde, wollte ich los, mit oder ohne Chris. Auch wenn es mir vor dem Rückweg graute. Diese lange, beschwerliche Strecke, die Orientierungslosigkeit, die Wölfe. Von draußen hörte ich die Gesänge der Nomaden am Lagerfeuer, sie klangen mindestens genauso furchteinflößend. Ich musste dieses Territorium so schnell wie möglich verlassen.

Ein paar Stunden später rüttelte jemand an meiner Schulter und ich schreckte hoch. Es war stockdunkel und ich tastete in der Luft nach Hinweisen, wo ich war und was gerade passierte.

„Psst", hörte ich Chris' Stimme und streifte seine Arme und das Gesicht. Die Aufregung schoss mir sofort in alle Poren und ich war hellwach.

„Es geht los", flüsterte ich zurück und wir standen auf.

Meine Gedanken purzelten dabei durcheinander und waren langsamer als meine Füße. Was genau war jetzt nochmal der Plan? Hand in Hand huschten wir über den Hof. Ich zeigte in die Richtung, in der mein Fahrrad stand, auch wenn Chris es nicht sehen konnte.

Als wir außer Hörweite waren, setzte ich an mit: „In dem Wäldchen…"

Aber er hielt mir den Finger an den Mund und ich kam nicht weiter. Vielleicht gab es hier mehr Ohren, als ich glaubte.

Wir rannten durch die Nacht und ich atmete die kalte Luft ein. Plötzlich verließ mich der Mut. Ich dachte, das hier geht sowieso schief, wieso es überhaupt versuchen? Als ob das alles irgendeinen Sinn machen würde? Zerstörte ich nicht mit einer wirren Geschichte das idyllische Leben eines Unbeteiligten, zog ihn in einen Sumpf, aus dem er nicht mehr rauskommen würde? Alles, was er sich die letzten Jahre über aufgebaut hatte, weggeworfen. Eine Zukunft in der Mehrheitsgesellschaft gab es für ihn nicht, er war als Verräter abgestempelt, vielleicht zu Recht. Wieder hörte ich das ferne Geheul der Wölfe. Diesmal war es furchteinflößender als letztes Mal, sie wussten auf welchen wackeligen Beinen mein Plan stand.

„Kurze Pause", keuchte ich, als wir bei dem Wäldchen ankamen. Die Sterne am Himmel verblassten langsam, erste Spuren der Morgendämmerung. Wir setzten uns in das Gras und ich holte Luft. Diese Kurzatmigkeit kannte ich gar nicht von mir. Dabei hatte ich mir im Winter doch so eine gute Kondition antrainiert, wo war die hin?

„Von hier aus musst du allein weiter", sagte Chris plötzlich und ich verstand zuerst nicht.

„Wie meinst du das?", fragte ich.

„Ich kann nicht weg. Und – falls es dich tröstet, es würde auch nicht viel bringen. Die Software zum Laufen zu bekommen würde nur Sinn machen, wenn es auch funktionierende Server gibt, stimmts?"

„Die haben wir, in Omsk. Und die anderen werden auch irgendwann wieder flott gemacht."

„Nein", sagte er und zog das Wort ganz lang. „Nicht mehr lange. Die Zeit des Internets ist endgültig abgelaufen, und diesmal kannst noch nicht einmal du es verhindern."

„Wovon sprichst du?", rief ich etwas lauter.

In diesem Moment sah ich in dem ersten fahlen Licht, wie zischend und lapidar ein Pfeil sich durch Chris' Hals bohrte. Er krächzte auf, fiel nach hinten, ein weiterer Pfeil traf mich ins Bein, ich

schrie auf. Eine Frau kam auf mich zu, ich registrierte sie kaum, die Schmerzen nahmen mir die
Sicht. Ich tastete nach Chris Gesicht, der Verlet-
zung. Der Himmel schien auf mich drauf gefallen
zu sein, alles war falsch herum und verdreht. Das
Blut nicht mehr zu stoppen.

14

Sein Tod war nicht zu begreifen. Ich musste an Maria denken und den Verlust ihres Kindes. Gerne wäre ich jetzt bei ihr gewesen, hätte mich an sie gelehnt und ihre Einsamkeit gespürt. Immer wieder dachte ich an seine Augen, die Worte, die Gestik.

Jaeck kam, nachdem die Frau mich abgeführt hatte und sagte kein Wort, sein Blick schien Funken zu schlagen. Er ließ mich in einem dunklen Kartoffelkeller werfen. Meiner Wade ging es nicht gut, sie schwoll an und pulsierte heftig. In der Dunkelheit verlor ich sofort jede Orientierung und jedes Realitätsgefühl. Irgendwas krabbelte um mich herum. Stimmen waren über mir zu hören, oder auch nicht. Ich fühlte mich schuldig an Chris' Tod. Was war überhaupt passiert? Ich konnte mich schon an nichts mehr erinnern. Mir wurde sehr schnell sehr heiß, es war fast ein angenehmes Delirium. Ich ließ mich davon fort tragen. Bei einer Sepsis starb man sehr schnell, das wusste ich und das versöhnte mich mit der Dunkelheit. Sie war diese weiche Masse, die mich verschluckte. Gleichzeitig tat mir mein Körper leid, in diesem modrigen Loch würdelos vergammeln zu müssen. Ich hatte mich in den letzten Monaten stark, ausdauernd und vital gefühlt, so wie noch nie in meinem

Leben, folgte denn auf eine Hochphase immer der tiefste Fall? War denn die neue Kraft nur Einbildung gewesen und ich war so schwach wie eh und je? In meinem Selbstmitleid verlor ich schließlich das Bewusstsein.

Es folgten ein paar unbeschriebene Seiten, luftleerer Raum, Stille. Alles blieb stehen.

Umso heftiger das Aufwachen, das von bizarrem Würgen begleitet wurde. Immer wieder erbrach sich mein Körper im unkontrollierbarem Maße und wurde bis in die letzte Zelle durchgeschüttelt. Die Schmerzen ließen mich zusammenkrümmen und herumwälzen. Nur unterbrochen von kurzzeitigen Blackouts. Und irgendwann wurde das auch weniger und ich lag nur noch halbtot da, lauschte meinem eigenen flachen Atem. So eine Scheiße hatte ich wahrlich noch nie mitgemacht. Selbst das Loch in meiner Lunge damals schien mir jetzt wie ein harmloser Husten. Da konnte ich ja wenigstens noch rumlaufen und irgendwelche Server verteidigen. Jetzt noch nicht mal meinen kleinen Zeh bewegen.

Auf jeden Fall war ich nicht mehr im Keller, denn irgendwas Helles streifte ab und an die Oberfläche meiner Augenlider. Ich phantasierte, dass meine Mutter an mein Krankenbett gekommen war, um mich zu verarzten. Mit fürsorglichem

Blick tupfte sie meine Stirn ab und verabreichte mir Schmerzmittel intravenös. Ein andermal saß Silas da und hielt meine Hand. Dann redete Maria mir gut zu. Ich wollte irgendwas sagen, aber nur Mischmasch kam aus meinem Mund. Gleichzeitig überrollte uns eine große Welle aus Wasser und wusch alles weg. Alle Menschen, alle Worte, ließ mich nach Luft schnappend zurück. Und dann schreckte ich auf, weil alles nur ein Traum war.

Es dauerte unendlich lange, bis ich endlich meine Augen öffnen konnte und mich aufrichtete. Mein Körper war in der Zwischenzeit geschrumpft, das konnte ich gleich sehen. Die Haut schlackerte an meinen Knochen, dazwischen gab es nicht viel. Zu meinem Schrecken musste ich feststellen, dass man mich in Chris' altem Haus einquartiert hatte. Intensive Erinnerungen an unsere kurzen Treffen überschwemmten mich unmittelbar. Statt ihn zu retten, stürzte ich ihn in den Tod. Dass er für immer weg war wollte mir nicht in den Kopf.

„Hallo", sagte Lisa, als sie reinkam. Sie wirkte etwas gealtert. „Wie geht es dir?"

Ich öffnete meinen Mund, er war so trocken und pappig, meine Zunge wie ein Fremdkörper.

„Wir haben dich eigentlich schon abgeschrieben. Einen Platz für dich auf dem Friedhof reserviert. Und jetzt sitzt du da", sie lächelte. „Aber eigentlich freut sich keiner über deine Genesung, wenn ich ehrlich bin."

Ich musste schlucken, auch wenn mein Hals das eigentlich nicht hergab.

„Wir trauern um Chris und sind wütend auf dich. Es wäre besser, wenn du bald hier verschwinden würdest. Du hast genug Unheil angerichtet."

„Das ist eine Unverschämtheit", krächzte ich. „Diese Frau mit dem Bogen, die hat ja wohl total überreagiert, was sollte das?"

„Sie hat alles richtig gemacht. Alles was sich von unserem Lager entfernt oder uns nähert, wird beschossen. Chris wollte dir wahrscheinlich helfen, du hast ihn in diese Situation gebracht."

„Und warum habt ihr mich nicht einfach krepieren lassen?", fragte ich und merkte, wie mir schwindlig wurde und ich mich wieder hinlegen musste.

Lisa schwieg mit zusammen gepressten Lippen. Ich wusste nicht, ob sie feindselig mir gegenüber war. Sie hatte auch sowas Herzliches.

„Dein Vater wollte es nicht", sagte sie und ging raus.

Die nächsten Tage verbrachte ich mit Versuchen, fit zu werden, um endlich meinen Abgang zu vollziehen. Irgendwie musste ich den Raum zwischen Haut und Knochen füllen. Fett, Muskeln, irgendwas. Dann wiederum hatte ich aber keinen Appetit und konnte auch das wenige, was ich zu mir nahm, nicht bei mir behalten. Ich kam keinen Schritt vorwärts und an eine Heimreise war auch nicht zu denken. Jemand legte ab und zu Essen vor der Tür ab, ansonsten war niemand zu sehen. Ich traute mich auch nicht raus vor Angst, gesteinigt zu werden oder sowas. Mir war, als konzentrierte sich ein unsichtbarer Hass auf das Häuschen, in den ich blieb, der mich erschlagen würde, sobald ich aus der Tür trat.

Jeden Tag fiel es mir schwerer, das auszuhalten. Draußen das Gewusel zu hören, das Lachen, Scheppern und Schreien. Und ich drinnen eingesperrt-nicht-eingesperrt ohne Hoffnung, Kräfte zu sammeln. Eines Abends nahm ich meinen ganzen Mut zusammen, es musste etwas passieren. Bei der ersten Dunkelheit öffnete ich meine Tür. Ich wusste, dass die Nomaden sich jeden Abend am Lagerfeuer versammelten, um den Tag ausklingen zu lassen. Mit wackeligen Knien lief ich zum Dorfplatz dem Licht entgegen. Ich hatte keinen Plan, keine Rede vorbereitet. Ich wollte mich einfach nur dieser bisher unsichtbaren Masse stellen.

Zunächst registrierte man mich nicht und ich gewann Zeit, um mich zu orientieren. Sie saßen im Halbkreis auf Holzbänken, auf dem Boden oder standen. Unterhielten sich. Manche starrten auch einfach nur in das Feuer oder schienen zu dösen. Bekannte Gesichter konnte ich nicht identifizieren. Als ich näher kam, senkte sich die Lautstärke. Ich stellte mich vor das Feuer und spürte die Wärme. Die Glut knisterte und zerbrach leicht und anstandslos durch die nachrückenden Holzscheite.

Ich hob meinen Blick und schaute in einige ratlose Gesichter, die vom Feuer angestrahlt wurden.

„Ich bin gerne hier", sagte ich schließlich. „Weil ich hier jedes Mal etwas Wichtiges lerne. Wahrscheinlich werde ich immer wieder meinen Weg hierher finden. Auch wenn ich hier nicht willkommen bin. Vielleicht komme ich deswegen so gerne vorbei."

Ich setzte mich vor das Feuer, weil meine Beine mich nicht mehr hielten. Spürte, wie die Aufregung in meinen Kopf drückte.

„Chris hätte das Recht gehabt, die Gemeinschaft unversehrt zu verlassen. Es war nicht richtig, dass er sterben musste", setzte ich noch nach.

such so gnadenlos gescheitert war. Das Verteilungssystem zu retten, die Macht der Nomaden einzudämmen. Genau das Gegenteil passierte gerade. War ich größenwahnsinnig geworden? Mit meiner Unwissenheit, fehlenden Lebenserfahrung, Kommunikationsstörung wollte ich irgendwas ändern, was seit über fünfzig Jahren am Brodeln war.

Der Morgen brach an und ich vernahm, wie die anderen langsam aktiv wurden. Auch ich richtete mich auf. Sofort überkam mich die elende Übelkeit, die es mir so schwer machte, Kraft zu sammeln. Ich erbrach etwas Magensäure. Das Feuer war schon lange ausgegangen. Ich dachte an mein Fahrrad, es schien mir ein Ding der Unmöglichkeit, jemals wieder da rauf zu steigen. Der Rückweg wie eine Weltreise, die ich nie wieder antreten würde.

Niemand schien Notiz von mir zu nehmen, Frauen trugen Körbe mit Gemüse an mir vorbei, Männer Wassereimer, Kinder lachten und alberten herum. Langsam bewegte ich mich zu dem Brunnen, stützte mich an der Abgrenzung aus Steinen ab und beugte mich nach vorne. Angenehme Kühle kam mir entgegen. Eine Frau kam und zog den Behälter nach oben. Reichte mir einen Becher mit Wasser. Ich schaute zu ihr rüber. Ich kannte sie nicht.

„Warum bist du nur zurück gekommen", sagte sie und schüttelte den Kopf, zog die Augenbrauen zusammen. „Siehst du nicht, wie viel du jedes Mal kaputt machst? Und jetzt bist du noch so krank, dass wir dir wochenlang beim Dahinsiechen zuschauen sollen?"

Ich nahm ein paar Schlucke von dem Wasser. Ihre Worte trieben mir die Tränen in die Augen. Sie schüttelte den Kopf und ging.

Der Tod von Chris ging nicht spurlos an uns vorüber, das konnte ich spüren. Auch die Ablehnung und den Hass mir gegenüber. War es beim ersten Besuch vor einem Jahr noch freundliche Neugier auf beiden Seiten, so hatte sich das Blatt jetzt komplett gewendet. Nur, was sollte ich machen? Ich steckte hier fest. Sterben wollte mein Körper irgendwie nicht, zum Nachhelfen war mein Leidensdruck nicht groß genug. Aber so richtig zu Kräften kam ich auch nicht. So jammerte ich innerlich vor mir hin und beschäftigte mich tagsüber – unterbrochen von meinen Würgeattacken – damit, meine Umgebung zu beobachten. Bald schon war ich wie ein Einrichtungsgegenstand, keiner nahm mehr richtig Notiz von mir.

Wenn ich das richtig sah, gab es keine klar abgegrenzten Kernfamilien in der Gemeinschaft. Die Kinder sammelten sich jeden Morgen je nach Alter in Gruppen und zogen entweder unbeaufsichtigt durch das Dorf oder wurden von einem Erwachsenen angeleitet. Manchmal halfen sie, Unkraut zu jäten oder Abfälle wegzuräumen. Die jeweiligen Eltern zeigten eindeutige Gesten der Zuneigung zu einander, aber auch anderen gegenüber. Monogamie war also eher nicht an der Tagesordnung. Klares Überbleibsel aus der Community-Ära und einer der größten moralischen Knackpunkte im Konflikt mit der Mehrheitsgesellschaft, die die Zweierbeziehung favorisierte. Wenn auch nur aus praktischen, nicht moralischen, Gründen. So konnten ökonomische Einheiten klarer definiert werden. War mir persönlich auch lieber so, ich konnte gar nicht genau sagen, warum. Wegen der Ordnung vielleicht.

Was mich aber am meisten schockierte, war die Anzahl an Konflikten, die permanent ausgetragen wurden. Eine Frau schimpfte ein Kind gehörig aus, ein Jugendlicher raufte mit einem anderen, einer ohrfeigte den anderen, es wurde geschrien, geflucht, mit Sachen geworfen, an Haaren gezogen und gedroht. Ein ständiges Feuerwerk an Emotionen.

Mir wäre das auf Dauer viel zu aufregend gewesen, so viel soziale Dynamik. Es gab wohl auch Rückzugsmöglichkeiten für die Individuen, aber meistens beobachtete ich doch die Interaktion. Manches davon war für mich schwer einzuordnen, war es eine richtige Feindschaft zwischen diesen zwei Frauen oder ein scherzhaftes Necken? Die Gesichtsausdrücke waren so überzeichnet, die Stimmen laut, die Gesten kraftvoll. Was ich aus meiner Sozialisation kannte, waren gedämpfte Gespräche, nach unten gerichtete Blicke und bewegungslose Körper. Auch Maria und Peter passten in dieses Schema. Wie mein Vater wohl diese Gratwanderung vollzog? Ich konnte mir ihn in all dem Gewusel nicht vorstellen, er ließ sich auch nicht blicken.

Auch diese ständigen Berührungen. Schon allein der Anblick gab mir das Gefühl, mich aus meiner Haut schälen zu wollen. Umarmungen, Schulterklopfer, Antippen, über den Kopf streicheln, sich anlehnen, Tragen und Halten von Kindern, Stützen von Älteren. Wie konnte man das nur akzeptieren, ja, willentlich herbeiführen wollen? Es kam mir so anmaßend und grenzüberschreitend vor. So, als würde jemand ständig seine Finger in das Essen eines anderen stecken. Die körperliche Distanz zwischen den Menschen war für mich sinnvoll und angemessen. Es war ja nicht so, dass nicht trotzdem Nähe durch diese Distanz entstehen konnte. Mit Freiraum dazwischen, Luft zum Atmen. Und die Einsamkeit eines jeden Individuums konnte kein Gruppenkuscheln kaschieren, das hatte ich doch bei Chris gesehen, der kurze Einblick in sein Leben und seine Gedankenwelt vermittelte mir den Eindruck, dass er nicht allzu integriert war. Auch wenn er es sich bestimmt sehr gewünscht hatte.

Währenddessen wurde meine Übelkeit immer schlimmer. Selbst Wasser konnte ich nicht mehr bei mir behalten und es roch auch eklig für mich. Von den ganzen anderen Gerüchen aus den Ställen und Gärten ganz zu schweigen. Ich verstand das einfach nicht, an welcher furchtbaren Krankheit litt ich? Oder war es am Ende alles psychosomatisch und mein Körper signalisierte mir, dass er nicht hier sein wollte? Wahrscheinlicher war, dass der Stress und die unregelmäßigen Ernährungsgewohnheiten der letzten zwölf Monate meinen Verdauungstrakt zugesetzt hatten und er jetzt gegen alles rebellierte.

Auch nachts gab mir mein Magen keine Ruhe und rumorte unaufhörlich. Meistens lag ich wach oder döste vor mich hin, wie auch diesmal. Ich schreckte auf, als ich draußen ein merkwürdiges

Geräusch hörte. Dann war ich mir nicht mehr sicher, ob ich das alles nur geträumt hatte. Es war stockdunkel und ich sah die eigene Hand vor den Augen nicht. Was war das gewesen? Dann öffnete sich mit einem Mal meine Haustür und jemand trat ein. Ich hielt die Luft an, während mir tausend Gedanken durch den Kopf schossen. Einer von ihnen war besonders prominent, er erzählte mir, dass jemand gekommen war, um mich umzubringen. Das schien mir auch logisch. Wieso sollte sonst jemand mitten in der Nacht in mein Haus schleichen? Ich wollte mich nicht so einfach abmurksen lassen, hatte aber auch keine körperliche Überlegenheit oder Waffen zu bieten. Leise hörte ich ein Atmen. Dann, nach einer Ewigkeit, ein Verlassen des Raums. Ich war nicht erleichtert. Erstmal musste ich mich übergeben.

Den ganzen nächsten Tag war ich in Angst. Vor der kommenden Nacht. Fühlte mich noch weniger sicher als vorher. Versuchte mir eine Strategie zu überlegen. Wachzubleiben mit einem Messer in der Hand. Wollte herausfinden, wer es auf mich abgesehen hatte. Vielleicht Jaeck. Oder einer von den anderen Nomaden, die mich endlich loswerden wollten. Ich schaute beim Vorbeilaufen in ihre Augen, um eine Tötungsabsicht zu entdecken, aber hatte dabei keinen Erfolg. Überlegte, in den

Wald, wo mein Fahrrad lag, zu ziehen. Aber da keine meiner Bewegungen unbeobachtet blieben, schien mir das wenig erfolgsversprechend.

Abends suchte ich mir das schärfste Messer aus Chris' Haushalt aus und setzte mich auf das Bett. Dann stand ich auf und stellte mich doch lieber hinter den Ofen. Das Leben draußen kam allmählich zur Ruhe und es wurde dunkel. Ich schlich von einer Ecke zur nächsten und lauschte jedem Knarzen. Dann wurde ich doch müde und legte mich wieder hin.

Und musste kurz eingenickt sein, denn plötzlich riss mich ein Geräusch aus dem Schlaf. „Wer ist da, verdammt?", rief ich immer noch benommen und erschreckte vor dem Klang meiner eigenen Stimme.

Unendlich lange passierte nichts, außer dass der Würgereiz durch meine Speiseröhre wanderte und gegen meinen Gaumen drückte. Mit aller Kraft umklammerte ich das Messer.

„Ich bins nur", sagte eine Frauenstimme, die mir nicht bekannt vorkam.

„Wer?", erwiderte ich und versuchte die Übelkeit runterzuschlucken.

„Charlie", sagte mein Gegenüber. Sie kam näher.

Ich legte das Messer weg. Was hätte ich dafür gegeben, einfach mal das Licht anzumachen. So war ich mir nicht endgültig sicher, ob ich gerade träumte oder halluzinierte.

„Was machst du hier?", blaffte ich sie an. Das war auch das letzte, was ich vorerst herausquetschen konnte, schon hing ich über der Schüssel, die immer neben meinem Bett stand.

„Ich wollte dich bitten mich mitzunehmen, sobald du das Dorf verlässt", sagte sie.

Ich konnte darauf nichts erwidern, ich war noch dabei, meine Innereien wieder zu sortieren.

Damals war sie so jung, fast noch ein Kind. Das war doch erst ein Jahr her. Jetzt war sie maximal 17 oder 18 Jahre alt. Und quasi meine Nichte, oh Himmel. Nichte. Wie das klang. Die Enkelin meines Vaters. Ich ihre Tante. Mir wurde abermals schlecht. Was wollte sie, dass ich sie mitnahm? Das Kind hatte damals schon so viele Flausen im Kopf, wenn auch nicht unsympathisch.

„Es tut mir leid, dass ich hier so rein bin. Ich hab diese Woche Wachdienst und konnte dich sonst tagsüber nicht einfach ansprechen ohne gesehen zu werden", sagte sie.

„Du siehst, ich bin in keinem Zustand überhaupt irgendwohin zu gehen. Und nein, ich würde dich nicht mitnehmen. Du kannst doch jederzeit allein verschwinden, du brauchst mich dazu nicht. Unsere Familie, wenn man das so nennen darf, ist kompliziert genug, wenn ich dich jetzt auch noch verschleppe, drehen die doch völlig durch."

Ich hörte, wie sie noch ein paar Schritte lief und sich vor das Bett setzte. So in der Dunkelheit ein Gespräch zu führen war merkwürdig, als würde man sich mit einem Geist unterhalten.

„Ich habe ein Mittel gegen deine Übelkeit. Natürlich weiß ich nicht, ob es funktionieren wird, aber wir können es ausprobieren. Als Gegenleistung musst du mir versprechen, mich mitzunehmen."

Das klang verlockend. In meinem Kopf wusste ich sofort, dass ich bereits eingewilligt hatte. Ich musste nur noch Gründe zusammensuchen, warum das eine gute Entscheidung war. Aus meiner Lethargie hier rauszukommen, dafür hätte ich so einiges getan.

„Warum willst du so dringend weg?", fragte ich, um den moralisch löchrigen Deal mit irgendwas Sinnvollem zu unterfüttern.

Es blieb länger still und ich lehnte mich zurück, legte das Messer weg und schloss die Augen. Erleichterung und Müdigkeit überfielen mich gleichermaßen.

„Ich kann hier auf keinen Fall mehr bleiben. Es ist zu eng. Ich sehne mich nicht nach Einsamkeit und Computern, das nicht. Aber die sozialen Strukturen sind suboptimal, zu autoritär und kollektivistisch. Lieber leide ich allein, statt das Glück einer Gruppe aufrecht zu erhalten. Ich kann hier nicht mehr atmen, die Ideologie nicht mehr vertreten.“

„Charlie, du weißt nicht wie grausam die Einsamkeit sein kann, glaub mir“, warf ich ein.

Ich hörte, wie sie anfing zu weinen.

„Ich war immer der glücklichste Mensch auf der Welt hier. Aber diese Lügen meines Vaters, seine Forderungen nach Unterwerfung und dann kann man ihm nichts recht machen. Ständig geht es nur darum, wie undankbar ich bin. Und die anderen nehmen es entweder schulterzuckend hin, vergöttern ihn oder trauen sich nicht, was zu sagen. Denn es gäbe ja sowieso keine Alternative für keinen von uns. Wenn ich hier nicht wegkomme, bringe ich mich um, soviel ist klar.“

„Jetzt mach mal langsam“, warf ich ein. „Du bist gerade dabei, erwachsen zu werden, das ist für niemanden einfach…“

Ich versuchte mich in sie hineinzuversetzen, doch es fiel mir schwer. Während ich vor emotionaler Kälte in meiner Familie geflohen war, war es bei ihr irgendwas anderes. Konflikte, die ich nicht ansatzweise verstehen konnte. Doch dass Jaeck ein Unsympath war, brauchte mir niemand zu erklären.

„Kann sein, aber glaub mir, ich hab mir das gut überlegt. Die Entscheidung steht schon fest. Ich habe noch eine Woche Nachtschicht. Morgen bringe ich dir die Sachen gegen deine Übelkeit und sobald die Wirkung eingesetzt hat, würde ich los. Einverstanden?"

„Ja", sagte ich.

15

Tatsächlich fand ich am nächsten Tag eine Wurzel zum Kauen und einen Tee vor meiner Tür, was ich beides einnahm. Es schmeckte bitter oder scharf, so genau konnte ich das nicht sagen. Sowas hatte ich vorher noch nie probiert, kannte ich auch von meiner Mutter nicht.

Ich dachte an die verzweifelte Charlie und was ich ihr bieten konnte, sobald wir in Omsk ankamen. Falls uns die Flucht wirklich gelang. Wollte ich überhaupt dort hin? Konnte ich die Verantwortung für sie übernehmen? Ich konnte mich nicht wirklich um einen anderen Menschen kümmern, das war mir zu viel. Wie sollte ich sie in die Gesellschaft integrieren, wo sie doch von einem anderen Stern war. Wie sollte ich ihren emotionalen Bedürfnissen gerecht werden, wenn ich doch mit mir kaum zu recht kam. Vielleicht gehörte sie wirklich nicht hierher. Aber auch nicht dorthin. So ganz ohne familiäre Anbindung würde sie verloren gehen, innerlich noch mehr zerbrechen. Ihre Träume würden ziemlich schnell zerfallen, denn sie war ein enges soziales Umfeld gewohnt, auch wenn das toxisch war. Was ich noch nicht einmal beurteilen konnte. Aber ganz ohne Gemeinschaft würde es für sie nicht gehen. Und ich könnte das auch nicht ersetzen. Und dann noch die ganzen gesellschaftlichen Veränderungen, die so schwer abzuschätzen waren. Das war alles sehr viel auf einmal.

Schon am nächsten Tag fühlte ich mich besser und konnte kleine Mahlzeiten zu mir nehmen. Charlie versorgte mich mit allem. Es war so eine Erleichterung, sich nicht mehr dauernd übergeben zu müssen. Ich fühlte mich direkt wie neugeboren.

Fragte mich, ob ich nochmal auf meinen Vater zugehen sollte. Merkwürdiger Gedanke, aber jetzt, wo die Abreise in greifbarer Nähe war, hätte ich nochmal mit ihm sprechen können. Ihm irgendwas an den Kopf werfen. Vielleicht die letzte Gelegenheit in meinem Leben. Nochmal würde ich seine Kommune ganz sicher nicht aufsuchen, zweimal musste reichen. Andererseits wusste ich, dass er mich ausschweigen oder mich gar nicht beachten würde. Also wäre das nur frustrierender für mich. Bei den ganzen Gedanken fiel mir die Decke enorm auf den Kopf. Wann würde Charlie endlich kommen und wir könnten los und diese durch und durch gescheiterte Mission hinter uns bringen? Ich brauchte neue Probleme, diese hier langweilten mich bereits.

Ich lief unvermittelt aus dem Haus nach draußen. Es war Vormittag und alle Leute wuselten wie immer geschäftig herum. Mit neuer Energie aufgeladen lief ich schnurstracks am Brunnen, der Feuerstelle, einem alten Traktorreifen und einem Kartoffelacker vorbei. Schaute den Menschen direkt in die Augen, statt den Blicken auszuweichen. Jetzt waren sie es, die wegschauten. Ich sah Lisa vor ihrem Haus und dachte, dass ihr Schwiegervater, also der Mann, den ich suchte, gleich in der Nähe wohnen musste. Sie ließ das Bettlaken, das sie gerade aufhängen wollte, sinken, als sie mich sah. Ich lief an ihr vorbei, leichtfüßig, als würde ich auf Adrenalin laufen und spazierte in das Haus nebenan. Da saß er, schnitzte gerade an einem Stock.

„Ich hau jetzt wieder ab, ihr seid mich also los", verkündete ich und hoffte, dass meine Stimme nicht zu sehr zitterte. „Und wollte dir zum Schluss mitteilen, dass du der erbärmlichste Mensch bist, den ich je kennen gelernt habe. Du bestehst nur aus Lügen, Egomanie und Dummheit. Und ich weiß jetzt genau, egal wie ich es anstellen würde, ich würde nie so einsam, bemitleidenswert und degeneriert werden wie du und das ist ja auch schon mal was."

Ich starrte ihm direkt in die Augen und wusste, dass das nicht mein Vater war, sondern irgendein fremder Mensch, mit dem ich nichts zu tun hatte. Außer dass ich ihn abgrundtief hasste. Und er tat mir leid. Weil er nichts erwidern konnte und ich merkte, dass meine Worte ihn verletzten. Er ließ das Messer und den Stock sinken. Seine Hände sahen schon alt aus. Ich schämte mich gleich für meine Ausdrucksweise. Ich war nicht sehr sachlich aufgetreten. Mein Vater hasste emotionale Ausbrüche. Sie waren ein Zeichen für mangelnde Selbstkontrolle.

„Du wirst schon bald selbst deine eigenen Erfahrungen machen und ich kann nur hoffen, dass dein Kind nicht so undankbar und hysterisch auftritt wie du. Hast du schon vergessen, dass du mir ein Messer in den Bauch gerammt hast? Ich dagegen habe dir nicht nur jetzt das Leben gerettet und alles für dein Wohlergehen getan", sagte er plötzlich mit ruhiger Stimme.

Die Worte waberten an mir vorbei und ich versuchte, ihnen Sinn zu entnehmen.

„Geh nur. Du bist für unsere Familie sowieso die größte Enttäuschung. Schon immer gewesen. Ich will dich nie wieder sehen. Und denk an diese Worte. Du wirst sie genauso von deinem Sohn oder deiner Tochter in zwanzig Jahren hören", er stand auf und verließ das Haus durch eine Seitentür.

Ich taumelte nach hinten. Mein ganzer Körper fühlte sich taub an, gefühllos. Ich schnappte nach

Luft. Eigentlich wollte ich meinem Vater eins auswischen. Es kam alles zurück. Unerwartet. Wuttränen stiegen mir in die Augen. Und irgendwo wusste ich auch, dass er recht hatte, ich war eine Enttäuschung. Aber warum sprach er von einem Kind… In meinem Kopf ratterten die letzten Wochen ab. Ich zählte die Tage meines Aufenthalts, kam aber auf keine gescheite Zahl. Wann hatte ich Silas das letzte Mal gesehen? Frühling. Jetzt war Sommer. Und dann die Hyperemesis. War es so, dass ich schwanger war und es als einzige nicht mitbekommen hatte? War das möglich?

Ich rannte zurück in mein Haus und begann zu packen. Kopflos. Wäre am liebsten sofort los, musste mich aber noch bis zum Abend gedulden, um Charlie mitzunehmen.

Wenn das alles stimmen sollte, dann wäre das furchtbar. Ich wollte kein Kind. Hielt mich mit meinem unregelmäßigen Zyklus für unfruchtbar, so wie die meisten Frauen. Und dann noch das Antibiotikum. Bestimmt hatte es dem Embryo geschadet. Oder war das alles ein großer Bluff meines Vaters, um mich in die Irre zu führen? Mein Bauch war super flach, ich hatte etliche Kilo abgenommen. Es deutete nichts auf eine Schwangerschaft hin. So gut wie nichts.

Um Mitternacht herum kam Charlie geräuschlos rein und wir nahmen uns an den Händen, verließen wortlos das Dorf. Zum Glück schoss niemand auf uns, wir kamen sicher beim Wäldchen an, in dem immer noch mein Fahrrad versteckt war. Erst dann trauten wir uns leise zu sprechen.

„Kannst du Fahrrad fahren?", fragte ich sie.

„Nein", sagte Charlie.

„Dann wirst du es lernen. Aber nicht jetzt. Morgen. Wenn es leicht bergab geht, kann ich dich auf dem Gepäckträger mitnehmen, ansonsten schieben wir."

„Okay", erwiderte sie.

„Charlie?", fragte ich sie nach einer Weile.

„Ja?", sagte sie.

„Glaubst du, dass mein Erbrechen von einer Schwangerschaft kommen könnte?"

„Ja, es sieht ganz danach aus, oder? Weißt du, manche Frauen haben diese übermäßigen Symptome. Meinte meine Mutter. Was denkst du. Übermäßige Müdigkeit, Kreislaufprobleme, Brustschmerzen?"

Mein Gehirn war immer noch durcheinander und bekam keinen klaren Gedanken hin. Das durfte alles nicht wahr sein. Und es war ausgeschlossen, dass ich ein Kind großziehen würde.

Das würde ich nicht schaffen. Früher war das vielleicht die Erfüllung für so viele, eine eigene Familie zu haben, die Kinder aufwachsen zu sehen, im Alter nicht allein zu sein. Das war alles passé. Die Nomaden waren vielleicht die einzigen, die diesem Ideal noch nachhingen. Und wohin führte diese weltfremde Einstellung? Dass die eigenen Kinder wegliefen so wie Charlie, weil sie diese konstruierte Welt nicht mehr ertrugen.

Vielleicht war ich auch zu schnell. Es machte auf jeden Fall mehr Sinn, dass meine Beschwerden sich im Rahmen der Antibiotika-Einnahme einstellten statt einer Schwangerschaft. Was wussten die anderen schon. Solange nicht irgendwas von innen gegen meine Bauchdecke klopfte, war noch alles offen. Und für den Moment war ich einfach nur heilfroh, wieder auf dem Weg in eine andere Welt zu sein. Was mich dort auch immer erwartete.

„Glaubst du, sie werden dich suchen?", fragte ich Charlie.

„Nein", erwiderte sie. „Dafür gibt es momentan keine Kapazitäten. Mein Vater und ein paar andere sind gestern abgereist, der Rest wird im Dorf dringend benötigt. Ich glaube, wir müssen nichts fürchten."

„Wohin ist er gefahren?"

Charlie zögerte und ich sah in der Morgendämmerung, wie sie sich am Kopf kratzte.

„Du musst mir versprechen, dich da nicht einzumischen", sagte sie schließlich.

„Das kann ich dir ganz sicher nicht versprechen. Warum überhaupt?"

„Weil du dich bestimmt wieder kopflos in irgendwelche Abenteuer stürzt."

Ich schaute grimmig zu ihr rüber. Das klang danach, als ob ich der unüberlegteste und unbeholfenste Mensch auf der Welt wäre. Heute bekam ich es wirklich ab von allen Seiten. Fürs erste zog ich es vor, nichts mehr zu sagen.

Als der Tag hereinbrach, kam eine furchtbare Hitze über uns. Und kaum ein Fleckchen Schatten weit und breit. Wir liefen und liefen, doch der Weg schien nicht kürzer zu werden. Zur Mittagszeit suchten wir uns zwei einsame Birken, die nur notdürftig Schatten hergaben und legten uns unter sie. Die erste Pause. Um uns herum summte und zirpte es, das trockene Gras piekste. Der Himmel war so grell, dass man nicht aufblicken konnte. Charlie rollte sich zusammen und schlief ein. Ich betrachtete lange ihre zarten Gesichtszüge, die im Schlaf so verletzlich wirkten. Dachte zum einen an meine Abreise aus meinem Elternhaus, aber auch

an das kleine Kind, für welches ich demnächst
Sorge tragen müsste. Beides konnte emotional
nicht weiter von einander entfernt liegen. Vielleicht hatte mein Vater ja recht und ich war undankbar und hysterisch. Schon seit einem Jahr
hatte ich mich zudem weder bei meiner Mutter
noch bei meinen Geschwistern gemeldet. Und die
waren nun wirklich nicht in die ganzen Ereignisse
involviert gewesen. Sobald ich in Omsk war,
musste ich meine Mutter anrufen, auch wenn es
mir schwer fiel. Und Silas aufsuchen. Oder doch
nicht? Vielleicht lieber wieder zu Maria und Peter
reisen, gar keinen Halt in Omsk machen. Zurück
zu meinem Einsiedlerdasein. Meine Gefühle wir-
belten umher. Irgendwo vermisste ich Silas, aber
die Vorstellung, dass wir uns wieder gegenüber
standen, löste Panik in mir aus. Wir müssten so
vieles besprechen. Ich konnte das Kind auch an
Maria übergeben, damit sie es aufzieht, so wäre
das Problem elegant gelöst. Ich wusste nicht, ob
ich das wirklich wollte. Und dann war da noch
Charlie, die an mir hing. Alles voller undefinierba-
rer Verantwortung um mich herum. Mein Herz
raste und ich fand keinen Schlaf.

Später ging es weiter durch die Steppe, auch
wenn wir schwer gerädert waren. Besser wurde es,
als wir ein Stück auf dem Fahrrad zurücklegen

konnten, wobei ich ganz schön ins Schwitzen kam. Am Abend legte ich mich vor das kleine Feuer und stand nicht mehr auf.

„Was willst du machen, wenn du in Omsk angekommen bist?", fragte ich Charlie.

Sie runzelte die Stirn und schob mit einem Stock die Glut hin und her. Ich musste plötzlich an Chris denken, als wir letztes Jahr zusammen am Lagerfeuer eingeschlafen waren. Wieder überfielen mich Gewissensbisse und die Erkenntnis, dass diese ganze Reise überflüssig war. Bestand nicht sogar das ganze Leben aus sinnlosen Unternehmungen? Zumindest erinnerte ich mich an nichts, was einen tatsächlichen Mehrwert hervorgebracht hätte.

„Ich will mich offiziell anmelden. Auch wenn dann jeder über mich Bescheid weiß, das ist mir egal. Dann will ich eine Ausbildung als Ingenieurin machen. Und ganz viel reisen. Am liebsten nach Nordamerika. Meinst du, man kommt dort hin?", erzählte Charlie.

„Es gibt noch unregelmäßigen Schiffsverkehr, soweit ich weiß", erwiderte ich.

Reisen war mit so vielen Träumen verbunden. Bei mir nicht mehr. Bleiben wollte ich deswegen nicht irgendwo. Etwas dazwischen vielleicht. Im Moment wäre ein weiches Bett schon was Schönes.

„Ich glaube es wäre unrealistisch, Ingenieurs-
wesen zu lernen, du hast schließlich keine Schul-
bildung gehabt“, warf ich ein.

„Ich weiß“, sagte Charlie und seufzte.

„Außerdem ist das ganze Online-Lernsystem
und die Verteilungssoftware… du weißt, es gibt
große Probleme, das alles aufrecht zu erhalten“,
ergänzte ich.

„Das wird nicht einfacher werden. Aber wir
können das nicht mehr beeinflussen“, murmelte
sie und stocherte weiter im Feuer herum.

„Ich werde das Gefühl nicht los, dass du mir
irgendwas sagen willst. Oder auch nicht. Also, was
ist es?“, fragte ich.

Doch ich bekam keine Antwort. Das Feuer
wurde schwächer und unsere Augenlider schlos-
sen sich.

-16-

Kurze Zeit später wachte ich wieder auf und wusste nicht mehr, wo ich war. Dafür war ich schweißgebadet und voller Panik. Ich sprang auf, weil ich mich in Gefahr wähnte und blickte in die Dunkelheit. Das einzige Geräusch, das ich hörte, war mein eigenes Schnaufen. Es war unheimlich. Ich lief los, als wäre jemand hinter mir her. Dessen war ich mir sicher. Der Boden war uneben, aber das registrierte ich kaum. Ich stolperte, fiel hin, rappelte mich wieder auf. Hatte das Gefühl, keine Luft zu bekommen. Als würde ich ertrinken, als müsste ich mich aus dem Wasser strampeln. Ich konnte nicht schwimmen und sank immer tiefer. Lief schneller und hektischer. Ich wollte schreien, aber mein Mund ging nicht auf. Ich rannte und rannte durch die Nacht.

Schließlich spürte ich, wie jemand mich festhielt. Es tat weh. Sich regelrecht auf mich stürzte. Wir kämpften. Fingernägel kratzten mich auf, ein Körper quetschte mich ein.

„Miera", rief jemand immer und immer wieder.

Bis ich schließlich aus meinem Traum erwachte. Charlie lag irgendwie auf mir und wir atmeten beide schwer.

„Herrgott, was machst du da?", rief sie schließlich etwas überdreht. „Du hast mir einen Riesen-Schrecken eingejagt!"

Ich schluchzte vor mir hin, eine große Anspannung fiel von mir ab. Ich musste nicht ertrinken. Wieso überhaupt ertrinken?

Charlie stand wieder auf. „Bist du jetzt wieder normal?", fragte sie.

Ich lag da und starrte in den Sternenhimmel. „Charlie, ich kann dieses Baby nicht bekommen. Ich kann es weder gebären noch aufziehen. Das geht einfach nicht. Hilf mir, da rauszukommen."

Sie nahm meinen Arm und zog mich hoch. „Das ist Quatsch. Was soll ich denn machen, keiner kann dir da helfen. Oder willst du riskieren zu verbluten? Es gibt euch beide jetzt nur noch zusammen, entweder oder. Akzeptier das und hör auf zu jammern."

Wir liefen zurück durch die Dunkelheit, sie zog mich an der Hand hinter sich her.

„Warum bist du so verkopft? Lass es doch einfach auf dich zukommen. Ich wette, du wirst eine tolle, fürsorgliche Mutter sein", fuhr sie fort.

„Nein, ich werde genauso lieblos und kühl sein wie meine Eltern, da bin ich mir sicher. Ich kann nicht anders", flüsterte ich, als wir bei unserem Platz wieder ankamen und uns setzten.

„Psst", sagte Charlie und legte ihren Zeigefinger auf meine Lippen. „Red dir nicht so einen Quatsch ein. Es stimmt nicht. Ich habe dich ganz anders erlebt. Ich weiß, dass dein Vater so ist, ich kenne ihn gut. Er ist kaltherzig und verbittert, gleichzeitig egomanisch und größenwahnsinnig. Du bist nichts davon, das komplette Gegenteil. Lass dir nichts anderes einreden."

Sie streichelte mir über die Wange und wischte meine Tränen weg. Es tat mir leid, dass dieses junge Mädchen mich trösten musste. Ich war doch eigentlich die Erwachsene von uns beiden. Wieder ein Hinweis darauf, dass ich besser kein Kind großziehen sollte.

„Ich habe den letzten Winter in der Tundra verbracht. Ich denke, es ist besser, dort hin zurück zu kehren. Was willst du machen?", fragte ich.

„Ist der Vater des Kindes auch dort?", erwiderte Charlie.

Ich schüttelte den Kopf.

„Willst du noch Kontakt zu ihm haben?", fragte sie weiter.

Ich seufzte und legte mich hin. Mein Körper fühlte sich plötzlich so müde an.

Am nächsten Tag ging es weiter. Ich fühlte mich elend. Hatte Zweifel, jemals an dieser Bahnstation anzukommen. Meine Kräfte ließen wieder nach und das Leben war so schwer. Charlie und ich liefen überwiegend schweigend neben einander her. Ich nahm sie kaum noch wahr, so sehr war ich in meine Gedanken vertieft. Sie zogen mich immer tiefer hinab, Versagensängste, düstere Zukunftsvisionen und Minderwertigkeitsgefühle. Das Standard-Programm. Es klebte an mir, egal was ich dagegen unternahm. Egal, wo ich war und wie ich es anstellte. Immer nur neue Probleme kamen dazu, jetzt hatte ich Charlie an der Backe und ein Lebewesen im Bauch, es war zum Fürchten.

Spät abends kam die Bahnstation in Sicht. Ich konnte mich gar nicht freuen. Nichts machte mehr Sinn. Kurze Erleichterung, als wir uns endlich setzten und auf den Zug warteten. Was lange dauern konnte. Ich schloss die Augen und versuchte zu schlafen, aber jedes Mal kam das Gefühl wieder, dass mir das Wasser bis zum Hals stand und weiter stieg. Panik.

Charlie lief hin und her und schaute sich in der Dunkelheit um. Ich versuchte nicht zu ertrinken. Die Nacht war fürchterlich unheimlich. Wölfe heulten irgendwo. Es knisterte und knackte, sodass Charlie mehrmals aufsprang und herumlief.

Wir wussten beide, dass es Nomaden sein konnten, die uns gefolgt waren. Oder nur ein paar harmlose Käfer.

Morgens war mein Gehirn so zermatscht, dass ich nicht mehr wusste, ob ich schon verrückt geworden war oder nur kurz davor stand. Eine innere Unruhe befiel mich. Ich wäre gerne davon gerannt, aber es ging nicht.

„Ich habe mir folgendes überlegt", sagte Charlie plötzlich. „Ich möchte, dass du mit mir nach Omsk kommst. Ich brauche deine Hilfe."

Ich schaute sie fragend an. In diesem Moment kam eine kleine Gruppe von Leuten zum Bahnsteig. Sie musterten uns und blieben auf Abstand. Ich setzte mich aufrecht hin und strich durch meine Haare, als würde ich sie kämmen. Bald waren wir wieder in der Zivilisation, so wie es aussah. Und vielleicht kam auch bald eine Bahn.

Danach schaute ich durch Charlie hindurch. Ich hatte vergessen, was sie gesagt hatte. Mein Körper war zu sehr damit beschäftigt, Stresshormone auszuschütten, weil bald große Veränderungen anstanden. Ich war wieder zurück in der Welt. Entscheidungen mussten getroffen werden. Ich war noch nicht bereit dafür.

Als der Zug angerauscht kam, war der Lärm so gewaltig, dass mir meine Ohren fast wegflogen.

Wie lange war ich von der Zivilisation weg gewesen? Wie viele Wochen, oder waren es Monate? Charlie blickte sich hektisch um und zerrte mich in den letzten Waggon. Sie wirkte sehr aufgeregt und zitterte am ganzen Körper. Zum Glück gab es niemanden, der uns mit Pfeilen beschoss oder mit schweren Gegenständen auf den Kopf haute.

Der Zug setzte sich in Bewegung und ich verspürte Erleichterung. Endlich lag diese Zeit bei den Nomaden hinter mir. Diesmal für immer. Nichts auf dieser Welt würde mich dazu bringen, wieder dorthin zu reisen. Das war schon mal eine gute Erkenntnis. Ich schloss meine Augen und ließ mich schaukeln. Legte meinen Kopf auf Charlies Oberschenkel und schlief ein.

17

Der Geruch von frischen Tomaten weckte mich wieder. Ich öffnete die Augen und sah etwas Gemüse und Obst vor uns liegen. Fragte mich, wie Charlie wohl da dran gekommen war. Hoffte, dass sie es nicht gestohlen hatte, das wäre kein guter Start in ihr neues Leben. Ich streckte mich und schaute durch einen Spalt nach draußen. Entweder wurde es Abend oder der Morgen brach an. Der Himmel war diesig und die Sonne schwach.

„Wie lange müssen wir fahren?", fragte Charlie.

„Nicht lange", sagte ich, „so einen halben Tag etwa."

Die ehrliche Antwort wäre gewesen, dass ich es einfach nicht mehr wusste. Meine Erinnerung an die Hinfahrt war im Nebel verschwunden.

„Dann dürfte es ja nicht mehr lange dauern", sagte sie und wir fingen an zu essen.

„Da wir bald ankommen…", setzte Charlie wieder an. „Ich muss dich noch um einen Gefallen bitten."

„Ja?"

„Begleite mich nach unserer Ankunft zu der Serverfarm."

„Warum?"

„Es ist ein Anschlag geplant, den ich verhindern möchte."

„Was?"

Charlie nickte bedeutungsvoll. „Dort ist die Zentrale der Internet-Knoten für die Region. Es gibt nichts einfacheres, als diese zu vernichten, um ganz Südwest-Asien offline zu setzen."

„Nein, das glaube ich nicht. Du sagst das bloß, um mich in die Stadt zu locken."

„Es stimmt. Willst du mir helfen?"

„Nein", sagte ich spontan. Ich wollte keine Heldentaten mehr vollbringen. Das ging bisher immer schief.

„Ich habe fest mit deiner Hilfe gerechnet. Du weißt schon, was alles auf dem Spiel steht?"

Ich verdrehte die Augen. „Das habe ich zuletzt sehr oft gehört. Die Welt muss ohne mein Zutun weitergehen. Ich hab jetzt andere Probleme."

„Nein, das kann nicht dein Ernst sein", sagte Charlie und ich konnte ihren Gesichtsausdruck dazu nicht mehr richtig erkennen. Es fing an, dunkel zu werden. Also doch Abend.

Ich schaute im letzten Licht nochmal nach draußen. Man sah schon die ersten Siedlungen, weit hinten war Omsk zu erkennen. Meine Knie wurden ganz weich bei dem Anblick. Ich musste mich jetzt wirklich entscheiden, endgültig. Silas hatte ich versprochen, dass ich wiederkäme. Aber was waren schon Versprechen. Worte.

„Kennst du den Weg?", fragte ich Charlie, als ich mich wieder zu ihr setzte.

„Nein."

„Hast du Waffen dabei?"

„Nein."

„Schlechte Vorbereitung."

Ich erklärte ihr, wie sie vom Bahnhof zu den Servern kam. Ihr Vorhaben war zum Scheitern verurteilt, aber damit wollte ich sie nicht konfrontieren. Vielleicht musste sie ihre eigenen Dämonen suchen und bekämpfen. Ich hatte das schließlich auch gebraucht.

„Wann soll der Anschlag stattfinden?", fragte ich.

„Das ist es ja, ich weiß es nicht genau. Vor zwei Tagen sind unsere Leute aufgebrochen und in die Stadt gefahren. Dann mussten ja noch die Vorbereitungen getroffen werden. Es könnte jeden Moment so weit sein. Oder in einer Woche."

„Hm. Du solltest sofort hin und die Mitarbeiter warnen. Damit die Sicherheitsvorkehrungen verschärft, beziehungsweise überhaupt welche installiert werden."

„Mir wird doch keiner glauben. Wenn du dagegen…"

„Ich weiß im Moment nicht, ob ich dir überhaupt glauben kann. Das kommt mir doch alles merkwürdig vor. Ausgerechnet jetzt? Nee, das sind einfach zu viele Zufälle. Woher weiß ich, dass du mich nicht in eine Falle lockst."

In meinem Kopf ratterten unsere vergangenen Gespräche ab und ich versuchte diese retrospektiv darauf zu überprüfen, was Charlie mich alles gefragt und welche Informationen ich ihr weiter gegeben hatte. Meine Evaluation brachte kein eindeutiges Ergebnis. Ich war verwirrt.

„Ich kann mir nicht vorstellen, dass du das wirklich durchziehen willst. Nein, das ist nicht glaubwürdig. Auf einmal willst du die Nomaden sabotieren? Und ich soll dir helfen?", fügte ich noch hinzu.

„Du musst mir nicht glauben. Ich meine, ich weiß selbst nicht so genau, ob ich das machen soll. Eigentlich ist es schon schlimm genug, dass ich die Gemeinschaft verlassen habe. Ich will meine Verwandtschaft nicht noch mehr gegen mich aufbringen. Andererseits kann man bei diesem Treiben doch nicht tatenlos zuschauen, oder?"

Draußen sah ich, wie wir in den Hauptbahnhof von Omsk einfuhren. Mein Herzschlag beschleunigte sich. Ich scharrte mit meinen Füßen hin und her. Diese Situation nervte mich. Es gab keine richtige Entscheidung. Einerseits sehnte ich mich danach, ohne Menschen um mich herum zu sein. Keine Kommunikation betreiben zu müssen. Nur auf mich Rücksicht zu nehmen und mit keinem Entscheidungen abzusprechen. Andererseits wusste ich mittlerweile, dass ich früher oder später so oder so die Nähe von Menschen suchen würde. Ein ständiges Hin und Her zwischen Nähe und Distanz.

„Du wolltest mir doch noch Fahrrad fahren beibringen", sagte Charlie, als der Zug schließlich mit einem Ruck anhielt.

„Okay", sagte ich und seufzte.

Als wir ausstiegen, war es mitten in der Nacht. Zum Glück war am Bahnhof nicht viel los. Güter wurden aus- und eingeladen. Wir verschwanden unbemerkt in die Dunkelheit.

Ich war etwas orientierungslos. Wohin sollten wir gehen? Was machen? Und ich musste auch noch Verantwortung für Charlie übernehmen, denn sie wusste ganz sicher keine Antwort auf die Fragen.

Wir schwangen uns auf das Rad und ich fuhr intuitiv Richtung Serverfarm. Wenn es leicht bergab ging, setzte sich Charlie auf den Sattel und übte das Gleichgewicht zu halten. Es war noch etwas wackelig, aber sie machte schnell Fortschritte.

Dabei war es so angenehm, auf asphaltierten Wegen unterwegs zu sein, auch wenn der Boden an zahlreichen Stellen aufgebrochen und zugewachsen war. Mit Charlie auf dem Gepäckträger dachte ich daran, dass ich sie eigentlich sehr gern mochte. Unabhängig davon, welche Motive sie wirklich hatte, war sie so sympathisch und ganz anders als ich. Selbstbewusst, verspielt, fröhlich, neugierig. Das war bestimmt der Einfluss ihrer Mutter, der da durchkam. Von ihrem Vater, Jaeck, konnten diese Charaktereigenschaften sicher nicht kommen, dafür war er viel zu sehr wie mein Vater. Und ich hatte das alles von ihm geerbt. Wahrscheinlich würde ich mein Kind genauso wenig lieben wie er. Man glaubte früher, Mutterliebe würde sich ganz automatisch einstellen. Das war natürlich eine Illusion. Schaut man genau hin, fehlt sie ganz oft. Und ich wäre ebenfalls so ein liebloses Stück Fleisch, warum auch nicht? Ich hatte noch nie etwas oder jemanden so sehr geliebt, dass die Endorphine mit mir durchgegangen wären. Absolut leidenschaftslos. Und das wollte ich meinem Kind antun?

„Da vorne ist es", keuchte ich. Meine Kondition war nicht mehr die Beste.

Wir stiegen ab und liefen langsam auf den Gebäudekomplex zu. Im Hintergrund ein klarer Sternenhimmel. Ich fokussierte mich auf die kleinen hellen Punkte und hatte dabei fast das Gefühl, mich von unserem Ziel immer weiter zu entfernen, vorwärts zu laufen, aber mich rückwärts zu bewegen. Ich blieb stehen.

„Was machen wir jetzt?", fragte ich.

Es war sehr ruhig um uns herum. In der Dunkelheit sah man kein Licht und hörte keinen Mucks. Ich merkte Charlie an, dass sie ratlos war, es aber nicht zugeben wollte.

„In einigen Stunden wird die Sonne aufgehen. Lass uns solange warten", schlug ich vor.

„Gute Idee", erwiderte sie und legte den Kopf auf ihren Rucksack.

Ich wollte auch schlafen, war aber viel zu aufgedreht. Überlegte, ob ich doch versuchen sollte, jemanden zu warnen. Andererseits wollte ich keinen falschen Alarm geben und keine Panik verursachen. Das würde nichts bringen. Falls die Nomaden wirklich diesen Anschlag planten, wären sie abgeschreckt und würden ihn später durchführen. Und wenn nicht, dann würde nur eine unnötige Hektik ausbrechen, die letztendlich uns schaden und den Nomaden nützen würde.

Schließlich überlegte ich, zu den Servern und den dazugehörigen Internet-Knoten zu schleichen. Einfach so. Aus nostalgischen Gründen. Um mal nach dem Rechten zu schauen. Mich umzusehen. Was sich so verändert hatte. Davon hielt mich nur die Tatsache ab, dass ich keine Waffe zur Selbstverteidigung dabei hatte. So für den Fall.

Plötzlich hörte ich einen Knall. Ich schaute um mich, um die Geräuschquelle ausfindig zu machen. Es war kein sonderlich lautes Geräusch gewesen. Dann nochmal. Eindeutig aus dem Gebäude vor uns. Charlie richtete sich auf.

„Was war das?", flüsterte sie.

„Ich weiß nicht. Sollen wir nachschauen?", erwiderte ich.

Wie in Zeitlupe standen wir auf und liefen los.

„Warte", sagte ich und blieb abrupt stehen, „es wäre besser, wenn du hier bleibst. Wer weiß. Vielleicht ist es nicht sicher."

Ich hielt Charlies Arm fest, um die Ernsthaftigkeit meiner Aussage zu unterstreichen. Dann lief ich schnell den Hügel zur Serverfarm runter. Einmal um das Gebäude herum, bis ich eine geöffnete Tür sah, aus der Rauch aufstieg. Mir wurde ganz heiß und kalt bei dem Anblick. Die Feuerwehr anrufen wäre eine gute Sache gewesen, aber weder konnte ich telefonieren, noch gab es eine

Feuerwache. Dafür Wasserschläuche im Sicherheitsraum. Vielleicht konnte man noch das Schlimmste verhindern.

In meinem Kopf ratterte es. Hilfe holen. Es selbst versuchen. Die Server und Verteiler heraustragen, um wenigstens ein paar zu retten. Wasser würde sie genauso schädigen wie Feuer. Das Feuer eindämmen. Aber wo war der Sicherheitsraum. Ich könnte ewig nach ihm suchen, es gab keine Ausschilderung. So kam ich nicht von der Stelle. Wusste nicht, was zuerst zu tun war. Ich rannte wieder los zu dem Kontrollraum, in dem ich letztes mal war. Abgeschlossen. Ich rüttelte an der Türklinke, aber es half nichts. Aus dem Inneren waren schon wieder kleinere Explosionen zu hören. Ich fühlte mich so hilflos.

Dann rannte ich Charlie in die Arme.

„Es scheint niemand mehr hier zu sein", keuchte ich. „Wie können wir das Feuer löschen?"

„Hier lang", sagte sie und zog mich mit. „Ich habe einen Lageplan gesehen, es müsste hier sein."

Eine Treppe führte nach unten, dann eine Tür, unverschlossen. Ich tastete nach dem Lichtschalter und fand ihn, der Strom war aber ausgefallen. Fast unmöglich, sich in der Dunkelheit zurecht zu finden. Ich tastete herum, es schepperte und irgendwas fiel herunter. Da, eine Taschenlampe, unsere

Rettung. Ich leuchtete herum und fand einen Feuerlöscher, Wasserschläuche.

„Wo ist der Wasseranschluss?", fragte ich Charlie.

„Draußen beim Eingang", erwiderte sie.

„Okay, du kümmerst dich darum, ich nehm den Feuerlöscher. Wir sehen uns gleich."

Ich stürmte nach draußen. Schaute in den Himmel. Dicke Rauchschwaden stiegen auf. Vernebelten die Sicht auf das Weltall. Alles wurde grau. Es war aussichtslos, das wusste ich. Vielleicht war es das Adrenalin. Oder das Bedürfnis, wenigstens irgendwas zu tun. Oder Todessehnsucht. Nichts und niemand konnte mich davon abhalten, da rein zu gehen.

Ich atmete ein paar Mal tief durch und stürmte durch die offene Tür. Leuchtete mit der Taschenlampe den Weg. Meine Augen brannten. Aber der Rauch war hier sogar überschaubar. Kopflos rannte ich in irgendeine Richtung auf der Suche nach der Feuerquelle. War in einem der großen Netzwerkräume. Da brannte was. Schmiss den Feuerlöscher an. Merkte, wie meine Wahrnehmung mir immer mehr entglitt. Atmete. Hustete. Löschte. Rannte wieder heraus. Um nochmal einen Anlauf zu starten. Meine Lunge brannte. Und doch hatte ich das Gefühl zu ertrinken. In dieser grauen Masse. Keine Luft. Und dann erinnerte ich mich. Als kleines Kind in einen See gefallen zu sein. Ohne schwimmen zu können. Hilflos. Auf den Boden zu sinken wie ein Stein. Schwerelos. Wie konnte ich das vergessen. Zappeln und Würgen. Wahrscheinlich wurde ich gleich rausgezogen. Sonst hätte ich ganz sicher einen Hirnschaden. Oder ich hatte ihn doch. Auf jeden Fall waren es lange Minuten im kalten Wasser ohne jede Hoffnung. Ohne fliehen zu können. Ausgeliefert und verloren zu sein.

18

Ich musste wohl das Bewusstsein verloren haben, wie konnte es auch anders sein. An den detaillierten Vorgang konnte ich mich nicht mehr erinnern, aber daran, dass ich in einen tranceähnlichen Zustand fiel und mein Leben sich in aller Schärfe und Deutlichkeit vor mir entfaltete. Es ging alles ganz schnell, vielleicht nur ein paar Bruchteile einer Sekunde. Der Unfall im Wasser und danach diese Suche nach Zugehörigkeit und Anerkennung. So als wäre ich nie aus dem See aufgetaucht, sondern würde immer noch dort verwirrt herumtauchen. Angetrieben von der tiefen Hoffnung, das alles in einem anderen Menschen zu finden, um endlich erlöst zu werden. Diese alles heilende symbiotische Verbindung zu einem anderen, die keine Widersprüche oder Konflikte zulässt, sondern rein und ursprünglich ist. Die Hand, die einen aus dem Wasser zieht, die man nie mehr loslassen möchte.

Verdammt, dachte ich bei dieser Erkenntnis, das ist mir viel zu flach und küchenpsychologisch, das bin nicht ich. Das ist bestimmt das ganze CO_2, das ich eingeatmet habe. Und diese verbrannten Partikel von den Servern und Kabeln, die kein Mensch mehr retten konnte. Jetzt klebten sie wenigstens in meiner Lunge und konnten mir für die nächsten Jahre asthmatische Anfälle bereiten. Als schöne Erinnerung sozusagen.

Und dann kam ich wieder zu mir und alle Analysen verblassten und verschwanden im Unterbewusstsein als wären sie harmlose Spielereien von gelangweilten Gehirnzellen gewesen. Stattdessen hörte ich fremde Stimmen um mich herum, die aufgeregt redeten. Ein Hustenreiz schüttelte mich durch. Ich öffnete die Augen. Es war Tag geworden. Ich richtete mich mühevoll auf und schaute mich um. Eine schön eingerichtete Wohnung mit einem bequemen Sofa. Draußen schien die Sonne. Es roch intensiv nach Grillabend.

„Hallo", sagte eine Frau in meinem Alter, sie kam aus einem der anderen Zimmer und lehnte sich an den Türrahmen. „Geht es dir besser?"

Ich nickte.

„Wir dachten schon, du bist für immer weg", fügte sie hinzu.

„Wie ist es ausgegangen?", krächzte ich und spürte meine vertrocknete Lunge. Dachte an Charlie. Sie war nirgends zu sehen. Und wo war überhaupt mein Fahrrad, das brauchte ich ganz dringend.

„Nicht gut", sagte sie. „Willst du erstmal duschen?"

Ich schaute auf meine Hände. Sie waren grau und staubig. Und neue Kleidung bräuchte ich auch. Ja, ich wollte duschen, aber ich musste auch herausfinden, wo ich jetzt stand. Mich orientieren. Wissen, was jetzt zu tun war.

Langsam stand ich auf und wurde sofort von einem weiteren Hustenanfall durchgeschüttelt. Der war so heftig, dass ich mich erbrechen musste. Ich lief ins Bad und schaffte es gerade noch rechtzeitig. Hing über der Toilettenschüssel und hatte keine Kraft mehr, mich aufzurichten. Unmittelbar darauf befiel mich die Angst, dass meine sinnlosen Rettungsversuche dem Baby geschadet haben könnten. Man musste kein Medizin-Professor sein, um zu wissen, dass Rauch giftig war und alle Zellen schädigte. Ich tastete an meinen Bauch. Hoffentlich war alles okay.

Die Frau von vorhin schaute nochmal nach mir. Sie half mir aufzustehen, begleitete mich zurück zum Sofa und gab mir Essen und Trinken.

Am nächsten Tag musste ich entgegen des Rates meiner Krankenschwester raus, sonst wäre ich im Trübsinn versunken. Mein Kreislauf war noch wackelig, als ich die Treppenstufen hinabstieg, aber es gab kein Zurück. Gleich sah ich, dass die Serverfarm nur ein paar hundert Meter entfernt war. Beim Näherkommen stellte sich heraus, dass sich auf dem Hügel davor, auf dem vor ein paar Tagen noch Charlie und ich gesessen hatten, eine Menschenschar versammelt hatte. Keuchend und gerade so meinen Kreislauf am Laufen haltend, lief ich auf sie zu und versuchte herauszufinden, ob ich jemanden kannte. Charlie, Silas, oder so. Aber kein bekanntes Gesicht war dabei. Nach und nach drehten sich alle um und starrten mich an. Ich wurde langsamer. Die Aufmerksamkeit war mir etwas unheimlich.

Schließlich kam ich vor den Leuten zum Stehen und wusste nicht, wo ich hinschauen sollte. Die anderen wendeten sich wieder ihren Gesprächen zu und lösten ihre Blicke von mir. Wenn ich so überlegte, hatte ich eine solche Menschenmenge noch nie gesehen. Höchstens beim Lagerfeuer der Nomaden. Computer förderten eher die überschaubaren Kleingruppen, was ich gut fand.

Ich schaute an der Gruppe vorbei und sah die Aufräumarbeiten bei dem Gebäudekomplex. Er war von außen nicht zerstört worden, aber von Innen wurden verkohlte Geräte herausgetragen und begutachtet. Dass das gesamte Internet der Region zusammen gebrochen war, erklärte sich dabei von selbst.

„Das waren die Nomaden, oder?", fragte mich ein Mann neben mir und ich merkte, wie die anderen um uns still wurden.

„Ich habe sie nicht dabei gesehen, aber ich gehe stark davon aus. Leider konnten wir es nicht verhindern", erwiderte ich.

„Du kennst ihren Aufenthaltsort, oder?", fragte jemand anderes.

Ich nickte.

„Du musst uns helfen, sie zu finden. Es wird Zeit, dass diese Sabotage aufhört", sagte jemand und es brach ein großes zustimmendes Gemurmel unter den anderen aus.

Ich schaute die Leute und ihre wutentbrannten Gesichter an. Trat ein paar Schritte zurück.

„Du weißt doch selbst, wie gefährlich sie sind. Wir müssen jetzt etwas tun… Früher oder später werden wir sie sowieso aufspüren…", kam aus der Menge und das zustimmende Gemurmel wurde lauter.

„Das bringt überhaupt gar nichts", erwiderte ich schließlich. „Wir sollten die Internet-Knoten wieder aufbauen und sie besser schützen, alles andere ist doch Wahnsinn. Wollt ihr wieder einen jahrelangen Krieg?"

Ein paar aus der Menge lachten laut, andere stampften auf und zeigten mit dem Finger auf mich.

„Du bist doch eine von denen", rief eine Frau und die anderen diskutierten das kontrovers. „Du willst doch nur deine Familie schützen", setzte sie nach, kam auf mich zu und blieb wutentbrannt direkt vor mir stehen.

Schnell lief ich den Hügel runter, hinter mir schrie jemand, ich hätte das Feuer bestimmt selbst gelegt.

Ich machte mir große Sorgen um Charlie. Wo war sie und was würde passieren, wenn diese Aktionisten sie in die Finger bekamen? Den Aufenthaltsort der Nomaden aus ihr rausquetschen? Dann dort einfallen und alle lynchen? Es schauderte mich bei der Vorstellung.

„Hallo", sagte ich zum erstbesten, der mir über den Weg lief. Er war gerade dabei, einen der Kästen aufzuschrauben. „Ich suche meine Nichte Charlie. Sie hatte mir vorgestern beim Löschen geholfen. Weißt du, wo sie ist?"

Er hielt inne und schaute mich etwas entgeistert an. Dann legte er den Schraubenzieher beiseite und stand auf.

„Nein, davon weiß ich nichts", sagte er.

„Gab es… ist jemand im Feuer umgekommen?", fragte ich.

Er schüttelte den Kopf. „Nicht dass ich wüsste."

„Danke", sagte ich und lief weiter. Um das Gebäude herum, auf der Suche nach Spuren. Fragte noch ein paar andere Leute, ob die was wüssten. Aber die wenigsten von ihnen waren in dieser Nacht da gewesen, sondern kamen erst später dazu, um mit den Reparaturen zu beginnen. Ich war sehr enttäuscht und wusste nichts mit mir anzufangen. Charlie konnte irgendwo sein, falls sie überhaupt noch lebte. Oder sie hatte die Gelegenheit genutzt und sich unbemerkt abgesetzt, um ein neues Leben zu beginnen.

Ich beschloss, zurück zum Bahnhof zu laufen. Unterwegs sprachen mich immer wieder Leute auf die Geschehnisse an. Ihnen war mein Gesicht von vor einem Jahr noch im Gedächtnis geblieben. Die Aufmerksamkeit war mir unangenehm, ich wollte mich gerne verstecken. Die meisten waren sehr aufgeregt und wussten jetzt, ohne Internet und gesicherten Informationen, nicht, was sie machen sollten. Manche hatten begründete Existenzängste, denn niemand wusste, wie die Versorgung von Gütern nun laufen sollte. Mussten wieder Marktplätze eingerichtet werden, um Äpfel gegen Wollpullover zu tauschen? Was war mit den Dienstleistungen? Medikamenten? Ich konnte mir auch nicht vorstellen, wie das jetzt laufen sollte, außer, dass ein unglaubliches Chaos ausbrechen würde. Diebstahl, Mord und Totschlag. Wohl dem, der sich durch seinen Garten weitgehend selbst versorgen konnte. Und nur auf Ergänzendes angewiesen war. Schlecht für den, der seine Punkte bisher durch eine Tätigkeit in den technischen Anlagen oder beim Zugverkehr verdiente. Davon hatte er jetzt nichts mehr. Musste auch nicht mehr den Zug steuern. Und wenn diese Verbindungen jetzt auch noch zusammen brachen, kam ja gar nichts mehr irgendwo an. Fakt war, das Internet musste so schnell es ging wieder an den Start gehen. Alles andere warf unsere Gesellschaft von einem Tag auf den anderen um 600 Jahre zurück, das konnte nicht gut gehen.

Als ich am Bahnhof ankam, dachte ich wieder an die Nomaden, und dass sie immer und immer wieder ihre Sabotage-Akte verüben konnten, auch wenn die Server repariert wären. Schützen konnte man sich dagegen nur schwer, irgendeinen Weg würden sie immer finden. Aber sie ausrotten konnte man ja auch nicht. Es war zum Verzweifeln.

Ich setzte mich auf eine Bank am Bahnsteig und fragte mich, ob überhaupt ein Zug kommen würde. Und in welche Richtung. Dann hörte ich irgendwo weiter weg, ganz vage, ein lautes Stimmengewirr. Ich schaute mich um. Die Gleise waren leer wie immer, nichts tat sich. Ich lief vom Bahnsteig zurück ins Bahnhofsgebäude, welches ebenfalls verlassen war. Auf dem Platz davor blendete mich zuerst das Licht, meine Augen brauchten einen Moment, um sich daran zu gewöhnen.

Und dann sah ich wie Charlie sich auf dem Fahrrad abstrampelte. Und hinter ihr so zehn Leute, die ihr dicht auf den Fersen waren. Ich versuchte zu verstehen, was da los war. Was hatte sie angestellt?

„Charlie!", rief ich und wedelte mit meinen Armen.

Sie sah mich wohl und radelte direkt auf mich zu.

„Was ist passiert?", rief ich.

Es ging alles ganz schnell, sie hielt an, ihr Gesicht war rot und gequält, sie war total aus der Puste und konnte nichts sagen. Hinter ihr Männer und Frauen, die sie beschimpften und sich immer wieder bückten, um Steine und abgebrochene Asphalt-Stücke aufzuheben und nach uns zu werfen. Ich war sofort im Panik- und Flucht-Modus und schob Charlie nach vorne, lief hinter ihr her. Sie wollte ins Bahnhofs-Gebäude, vielleicht weil sie hoffte mit einem Zug zu entkommen, aber ich zeigte auf eine kleine Seitenstraße, die rechts von uns abging. Wir änderten die Richtung. Sie auf dem Rad und ich zu Fuß. Wobei meine Lunge schon nach ein paar Metern schlapp machte.

„Wir müssen uns irgendwo verstecken", keuchte ich und hoffte, dass die Verfolger uns kurz aus den Augen verloren.

Ich wusste, dass Silas hier in der Nähe wohnte, aber zu ihm wollte ich den Lynch-Mob nicht führen, das hätte nichts gebracht. Erstmal mussten wir die abhängen. Dabei bogen wir immer wieder ab und als ich niemand hinter uns sah, rannten wir in einen Hof hinein, hinter einen Schuppen und rührten uns nicht von der Stelle. Ich hielt meine Hand auf Charlies Mund, damit sie nichts sagte und wir versuchten möglichst geräuschlos vor uns hin zu keuchen. Meine Ohren klingelten vom schnellen Rauschen des Blutes im Kopf und in meinen Lungen kündigte sich ein schlimmer Hustenanfall an. Ich versuchte ihn zu unterdrücken, doch davon schwoll mein Kopf nur rot an und drohte zu explodieren.

Ich fixierte den abgeblätterten roten Lack auf den Holzbrettern des Schuppens und drückte meinen Ärmel fest auf den Mund, um möglichst geräuschlos zu husten. Es kam immer mehr und mehr, ich konnte mich kaum beruhigen. Kniete mich hin und beugte mich nach vorne, um mehr Kraft zu haben. Charlie setzte sich neben mich.

„Und was, wenn sie jedes Haus absuchen", flüsterte sie mir zu.

„Schlecht wäre das. Wir müssen ein besseres Versteck finden, eins, in dem wir bis zum Einbruch der Dunkelheit bleiben können", erwiderte ich und schaute mich um.

Zum Glück war kein Mensch zu sehen, ein Gemüsegarten, weiter hinten ein Hühnerstall. Ich zog Charlie in den Geräteschuppen, was Besseres fiel mir nicht ein. Dort setzten wir uns auf den Boden zwischen Spaten und Hacke. Das Fahrrad passte gerade noch so rein.

„Was ist denn überhaupt passiert?", fragte ich.

„Sie denken, dass ich es war", sagte Charlie und fing an zu weinen.

Sie lehnte sich an mich und ich sah, dass sie am Kopf eine kleine Platzwunde hatte, die etwas blutete. Mit ihren dunklen Haaren fiel der Fleck zunächst gar nicht auf. Nähen musste man das nicht, aber ausspülen und einen sterilen Verband drauf wäre vielleicht nicht verkehrt.

„Die Kleidung und mein Akzent…, sie haben mich gleich erkannt…", schluchzte sie noch.

Ich hielt kurz inne, denn es waren Schritte zu hören.

„Psst", flüsterte ich und wurde starr vor Angst.

Fixierte eine Axt in unmittelbarer Nähe. Oder doch lieber die Spitzhacke. Ein Besen wäre auf jeden Fall eher unpraktisch. Auch mit der Gartenschere war ich nicht kreativ genug, sie war so klein und nicht sehr spitz.

Die Schritte entfernten sich wieder. Ich wagte es, zu atmen.

„Soll ich dich zurück bringen, in das Dorf?", fragte ich.

Charlie schüttelte energisch den Kopf. „Auf keinen Fall. Es gibt kein Zurück."

„Wie soll ich für deine Sicherheit garantieren, die Leute sind mit dem Ausfall des Internets verrückt geworden, gehen auch auf mich los, suchen einen Sündenbock. Denen ist es egal, wie es wirklich abgelaufen ist. Ich weiß nicht, was ich sonst mit dir machen soll, du kannst ja nicht die ganze Zeit im Keller hausen."

„Du musst nicht auf mich aufpassen. Ich komme auch allein zu recht. Ich weiß, du hast jetzt andere Sachen, um die du dich kümmern musst."

„Das ist Quatsch. Ich bleibe bei dir, bis wir eine Lösung gefunden haben. Vielleicht werden in ein paar Tagen auch die Netzwerke repariert und die Menschen kommen wieder zur Besinnung."

Als es dunkel wurde, trauten wir uns heraus. Ich lief vor und inspizierte die Straße. Es waren nicht mehr viele Leute unterwegs. Leider wusste ich überhaupt nicht, wo wir waren. Ich war bisher nur einmal in Omsk gewesen, für ein paar Tage, und da war ich so neben der Spur, dass ich mich gewiss nicht an die Straßen erinnern konnte. Die Häuser sahen mehr oder weniger gleich aus, Straßennamen waren Mangelware.

Silas hatte mir beschrieben, wie ich vom Bahnhof aus seine Wohnung finden konnte. Ich versuchte mich daran zu erinnern.

Charlie und ich liefen los, das Fahrrad schoben wir. Wenn uns jemand entgegenkam, bogen wir schnell in den nächsten Hauseingang ab und warteten dort, bis derjenige vorbeigelaufen war. Die meisten Häuser waren überraschend gut gepflegt und nicht so verfallen wie in der Provinz. Ich mochte den Beton und Asphalt um mich, auch wenn vieles davon aufgeplatzt und zugewuchert war. Die Straßen waren so angenehm breit und großzügig. Ausgerichtet auf den Autoverkehr, der vor hundert Jahren anfing abzuebben. Und jetzt gab es ein Überangebot an Platz.

Wie zwei Schwerverbrecher schlichen wir umher und bewunderten die Architektur. Langsam gingen die Lichter in den Häusern aus. Mein Hals war wie zugeschnürt, wenn ich an Silas dachte und ich musste mich an Charlie festhalten, um die Bodenhaftung nicht zu verlieren. Weglaufen war gerade keine Option mehr.

Als wir beim Abbiegen eine größere Gruppe von Leuten entdeckten, die an einer Kreuzung standen, kehrten wir schnell um und liefen in eine andere Richtung. Ich verlor meine sämtliche Orientierung und fühlte mich wie in einem Labyrinth, das unendlich viele Variationen aus den immer gleichen Häusern und Straßen zu bieten hatte, egal wohin man lief.

In einem ruhigen Hinterhof machten wir Pause und setzten uns hin.

„Was machen wir jetzt?", fragte Charlie und kaute auf ihren Fingernägeln herum. Wir hatten den ganzen Tag nichts gegessen.

Ich dachte nach. „Es dürfte jetzt nach Mitternacht sein, das heißt die Straßen werden immer leerer. Wir sind schneller mit dem Rad, auch wenn wir mehr damit auffallen. Lass uns zurück zum Bahnhof, sofern wir den Weg noch finden und von da aus nochmal versuchen. Wenns dann nicht klappt, dann weiß ich auch nicht."

Charlie nickte. Auch wenn ihr Gesichtsausdruck signalisierte, dass sie wie ich erschöpft war und keine Lust auf weiteres Herumirren hatte. Wir diskutierten dann noch erstmal aus, wer hinten sitzen sollte. Meiner Meinung nach war sie leichter als ich und hatte weniger Übung. Andererseits steckte die Rauchvergiftung noch in meinen Knochen. Wir einigten uns dann darauf, dass ich die erste Tour übernahm. So grasten wir erneut die Straßen ab. Es war jetzt fast überall dunkel geworden, keine Lichter mehr in den Fenstern. Niemand mehr unterwegs. Angenehm, so allein zu sein. Die Luft kühl und leicht. Der Fahrtwind wirbelte durch meine Haare. Zum Glück ging es kaum bergauf, sodass der Kraftaufwand sich in Grenzen hielt. Der Sternenhimmel wölbte sich über die Dächer und war nicht mehr grau, sondern klar.

Bei diesem Anlauf klappte es endlich, wie landeten in der richtigen Straße, die ich an einem weißen Haus gleich zu Beginn erkannte und konnten Silas Wohnstätte identifizieren, ein grauer nackter Betonbau mit drei Stockwerken, so wie 90% der anderen Häuser. Das Fahrrad verstauten wir im Hinterhof in einem Gebüsch und liefen vorsichtig die Treppen hoch. Entweder machte da mein Kreislauf kurz Pause oder die Aufregung überfiel mich, ich fühlte mich, als watete ich durch Wasser, jede Bewegung stieß auf Widerstand.

Im zweiten Stock angekommen, klopfte ich vorsichtig an die hölzerne Tür und atmete tief durch. Im dunklen Treppenhaus, in dem es modrig roch, schaute ich zu Charlie rüber, konnte ihren Gesichtsausdruck aber natürlich nicht ausmachen. Dann klopfte ich nochmals, etwas kräftiger. Hörte Schritte hinter der Tür. Es wurde aufgeschlossen.

Und plötzlich wollte ich gar nicht hier sein. Tausend Gedanken rasten durch meinen Kopf. Mir war kotzübel. Schwindelig. Ich biss die Zähne zusammen und hielt es einfach aus.

Vorsichtig wurde die Tür geöffnet. Ich hörte es am Quietschen und sah es an einem vagen Schatten. Hielt mich an Charlie fest, um die Anspannung auszuhalten. Nein, da gab es nichts in mir, das sich auf das Wiedersehen freute, das war doch nicht normal, oder? Da war einfach nur der Wunsch, diese stressige Situation möge so oder so vorbei gehen, wir würden es endlich hinter uns bringen. Diese Kontingenz, was jetzt alles passieren würde, wäre endlich aufgelöst und durch das Vertraute und Bekannte ersetzt.

Als wir die Treppen hochgestiegen waren, hatte ich mir einen Satz zurechtgelegt, den ich gleich zu Beginn sagen wollte. Um nicht in dieses anstrengende stundenlange Schweigen zu verfallen, das zuletzt geherrscht hatte. Ich war voller Zuversicht, diesen einen Satz auszusprechen und das Eis zu brechen.

Die Tür öffnete sich mehr und ich konnte erkennen, dass es tatsächlich Silas war, der da stand. Mein Blick streifte kurz sein Gesicht, aber es war schwer zu deuten und ich schaute schnell weg. Von meinen Füßen stieg ein Kribbeln nach oben wie bei einem Glas mit Mineralwasser. Ich hoffte, nicht zu hyperventilieren.

„Sorry, dass wir dich so spät stören", stotterte ich hervor.

„Was?", erwiderte er und rieb sich die Augen. Trat zur Seite, sodass wir reinkommen konnten. Zum Glück, ich wäre sonst angewachsen.

Ich zog meine Schuhe aus und wir folgten ihm in die Küche. Es wurde Licht angemacht, sodass wir erstmal die Augen zukniffen wie Maulwürfe. Das Licht tat in meinem Gehirn weh, aber wir gewöhnten uns bald daran.

„Das ist Charlie, meine Nichte", sagte ich und die beiden nickten sich zu.

„Du warst ganz schön lange weg", murmelte Silas und setzte Wasser auf. „Ich hab mir schon Sorgen gemacht."

„Zuerst wurde Chris bei unserem Fluchtversuch getötet, dann vegetierte ich in einem Kartoffelkeller meinem Tod entgegen. Als das überstanden war litt ich an einer starken Hyperemis und kam nicht vom Fleck. Charlie bot mir an, mir zu helfen, wenn ich sie mitnahm und erzählte mir von den Anschlagsplänen. Wir kamen aber zu spät und konnten nur eine Rauchvergiftung abholen. Dann wurden wir von unbekannten Irren verfolgt und mit Steinen beworfen und sind jetzt hier", seufzte ich und nahm einen Schluck vom heißen Tee. „Und bei dir?"

Silas starrte mich entgeistert an.

„Bis auf vorletzte Nacht war alles in Ordnung. Ich sollte nach Skandinavien reisen, habe es mir dann aber anders überlegt. Zum Glück, sonst wäre ich da nie wieder weg gekommen", sagte er schließlich.

„Was ist mit den Zügen, fahren die gar nicht? Wir müssen nämlich dringend Charlie in Sicherheit bringen", warf ich ein.

„Ich will euch wirklich keine Last sein", murmelte sie und nahm sich eine Scheibe Brot.

„Im Moment liegen die Schienen still. Keiner wagt sich vom Fleck aus Angst nicht mehr zurück zu kommen. Alles ist ungewiss. Ich hab auch nur noch Essen für diese Woche. Die Rationen wurden sowieso schon kleiner in der letzten Zeit, aber jetzt wird gar nichts mehr kommen. Jeder hält das zurück, was er hat", sagte Silas und ich spürte eine leichte Verzweiflung in seiner Stimme.

„Schande. Was machen wir nur?", erwiderte ich.

Wir schauten uns alle wortlos an. Draußen fing es ganz zaghaft an, heller zu werden. Ich war jedenfalls froh, ein Dach über dem Kopf zu haben. Wenigstens hatten wir es hierher geschafft.

„Ich muss bald schon los", sagte Silas und schaute auf die Wanduhr. „Vielleicht gibt es ja heute Fortschritte zu vermelden. Das Netz muss so bald wie möglich wieder funktionsfähig gemacht werden. Wir arbeiten fieberhaft an einer Lösung, aber ohne Ersatzteile und Kommunikation mit den anderen Anlagen wird es schwierig. Ich glaube allerdings, ihr konnten das Schlimmste verhindern, immerhin gibt es noch was zum Reparieren."

Charlie und ich schauten uns an. Ich war froh, dass es so war, dann war nicht alles umsonst.

„Ihr wollt euch bestimmt ausruhen", sagte Silas und stand auf. „Hier ist ein Sofa und drüben ein Bett, macht es euch bequem. Ich bin heute Abend wieder da."

Er ging in das andere Zimmer, um sich umzuziehen. Charlie verschwand im Bad. Ich schaute mich um. Seine Wohnung war schön. Schlicht und funktional. In der Küche Schränke, Tisch, Stühle. Das Sofa schon älter, aber angenehm weich. An der Decke baumelte eine Glühbirne. Der Flur eng und kahl, die Tapete etwas abgenutzt. Silas kam und zog seine Stiefel an, machte einen Doppelknoten beim Schnüren. Dann umarmten wir uns. Es fühlte sich endlich ganz normal an. Er ging.

-19-

Wir verschliefen den ganzen Tag, ich wollte bald gar nicht mehr aufstehen. Am späten Nachmittag trieben mich Hunger und Durst aus dem Bett. Erst da merkte ich, dass alle meine Knochen mir weh taten und ich Mühe hatte, mich koordiniert zu bewegen. In der Küche knabberte ich ein paar Lebensmittel an, Charlie lag dort eingewickelt in eine Decke, die bis über den Kopf gezogen war und schnaufte leise. Danach quälte ich mich ins Bad und zog mir mit Mühe und Not die Klamotten vom Leib. Es war mir nicht danach, aber es musste wohl sein, duschen. Die Wassertemperatur schwankte zwischen sehr kalt und etwas kalt. Mein Körper sah irgendwie verändert aus. Kein Wunder, eine Dusche mit einer guten Beleuchtung hatte ich schon länger nicht mehr gesehen. Neue Narben, alte Narben. Es schüttelte mich innerlich bei dem Gedanken an ihr Zustandekommen. Mager war ich geworden. Überall standen die Knochen hervor. Fettgewebe gleich null, Muskeln so lala. Nur der Bauch wuchs, entgegen aller Umstände. Das war auch noch so eine Sache. Aber zuerst wollte ich mich um Charlie kümmern. Sie durfte nicht in dieser Welt verloren gehen, sie brauchte einen guten Platz.

Beim Abtrocknen dachte ich unvermittelt an meine Mutter. Ich musste sie anrufen, wenn es technisch wieder möglich war. Das wäre das erste, was ich machen würde. Das Schweigen musste aufhören, egal, was passiert war. Ich sehnte mich nach ihrer Stimme und ihrem Lächeln. Ich wollte sie gerne in den Arm nehmen, auch wenn wir das sonst nie gemacht hatten. Sie hatte sich um mich bemüht, so wie ich mich um Charlie bemühte, auch wenn das Ergebnis in beiden Fällen suboptimal war. Einen Kontaktabbruch rechtfertigte das nicht.

Ich bediente mich aus Silas' Kleiderschrank, auch wenn meine Arme und Beine sich in den Sachen verloren, legte mich wieder ins Bett und schlief ein.

Zwischendurch hörte ich immer wieder die Tür, Schritte und Stimmen, drehte mich aber einfach um und zog mir wie Charlie die Decke über den Kopf. Versank in der Wärme und beobachtete meine Gedanken zwischen Traum und Realität aufkommen und vorbeiziehen. Wie ein grauer Nebel, in dem immer wieder etwas aufblitzte und dann abtauchte. Meistens altbekannte Ängste, aber auch Sehnsüchte und Hoffnungen, die so leicht und kitschig waren wie Wölkchen. Ich wollte diesen Zustand gar nicht verlassen, öffnete aber dann doch die Augen, als ich Silas neben mir spürte.

„Wie spät ist es?", murmelte ich.

„Nach Mitternacht."

„Alles okay?"

Es entstand eine längere Pause. Ich lauschte seinem Atem, hörte das Blinzeln und das leise Rascheln der Bettdecke.

„Die Leute sind sehr wütend. Heute ist eine Frau getötet worden, die für eine Nomadin gehalten wurde. Der Mob geht einfach auf alles und jeden los. Und sie werden das Nomadendorf finden, da bin ich mir sicher. Ich habs Charlie nicht erzählt, um sie nicht zu ängstigen. Aber vielleicht wäre es besser, ihr zwei wärt nicht in dieser Stadt, es ist nicht sicher hier und ich weiß nicht, was noch kommen wird", erklärte Silas.

„Wie läuft es mit den Reparaturen?"

„Schwer zu sagen. Hab keine verlässlichen Infos. Ich hoffe besser als vermutet."

„Und wie kommen wir hier weg?"

„Das ist die Frage."

Am nächsten Abend saßen Charlie und ich in der Küche und warteten auf Silas. Es war schon dunkel geworden und er war immer noch nicht zu

Hause. Ich wurde langsam unruhig. Auch Charlie wirkte nervös.

„Ich hab ein ungutes Gefühl", sagte sie schließlich. „Wir hätten schon gestern verschwinden sollen. Ich hab ein sehr ungutes Gefühl."

„Es wird schon nichts sein", versuchte ich zu beschwichtigen. „Willst du etwa zu Fuß in die nächste Region laufen? Das dürfte Wochen dauern. Wir müssen irgendwie mit dem Zug weiter. Ich hoffe ja, dass Silas das arrangieren könnte."

Ich trommelte mit den Fingern auf die Tischplatte. Es war vielleicht eine vergebliche Hoffnung und Charlie hatte recht, wenn wir gestern schon aufgebrochen wären, würden wir heute nicht hier fest sitzen.

Wir beschlossen schlafen zu gehen und ich vergrub mich in dem weichen und warmen Bett. Doch an Schlaf war nicht zu denken, immer wieder kreisten die selben Gedanken in meinem Kopf. Ich vermisste Silas. Wollte hier bleiben und musste doch weg. Wünschte mir, wir würden in einer anderen Welt leben. In einer, in der alles abgesichert wäre und man sich keine existenziellen Sorgen machen müsste. In der es Krankenhäuser gäbe, in denen ich mein Kind gebären könnte, Fahrpläne für Züge, Urlaubsorte, individuelle Mobilität und Inklusion von gesellschaftlichen Randgruppen.

Dann war es, als ob es verbrannt roch. Ich steckte meinen Kopf unter der Decke hervor und rümpfte aufmerksam die Nase. Das war merkwürdig. Stand auf und lief in den Flur. Rauch. Lief in die Küche, Charlie war auch gerade aufgestanden.

„Was ist das?", rief ich.

Sie zuckte mit den Schultern und sah verwirrt aus. Ich lief wieder zur Eingangstür und öffnete diese. Dicker Rauch kam mir entgegen, ich kniff die Augen zu und wich sofort zurück. Musste husten und bekam keine Luft. Charlie fing mich auf und zerrte mich in die Küche.

„Was…?", krächzte ich und wir schauten uns einfach nur panikerfüllt an.

Ich schloss die Küchentür, um den Rauch fern zu halten und riss das Fenster auf. Die frische Luft war wie ein Segen. Unten sah ich jemanden auf der Straße liegen, von einem Pfeil niedergestreckt. Ich wollte was sagen, aber Charlie hielt ihre Hand auf meinen Mund und löschte schnell das Licht, um keine Aufmerksamkeit auf uns zu lenken. Es war nicht Silas, aber was zum Teufel…? Und dann hörte ich die Schreie einer Frau, die um die Ecke gerannt kam und ebenfalls von einem Pfeil erwischt wurde. Sie taumelte und fiel zu Boden, versuchte sich aufzuraffen, schrie vor Schmerz. Ich wollte ihr helfen, aber ich wusste nicht wie. Und dann kam jemand auf einem Pferd, auf einem waschechten Pferd, durch die Straße geritten und ich schaute zu Charlie.

„Das sind die Nomaden", flüsterte sie mir zu und ich konnte sehen, dass sie Todesangst hatte.

Wir klammerten uns aneinander wie zwei Ertrinkende. Dann knallte es irgendwo in der Straße und noch einmal weiter weg. Immer wieder Schreie und Explosionen, Rauchwolken am Himmel. Und hinter uns. Die Küche war schon ziemlich vernebelt.

„Wir müssen hier raus", sagte ich und wusste doch, dass alle Ausgänge versperrt waren.

Unsere Augen brannten, die Arme zitterten und die Beine sackten uns weg. Charlie packte mich am Oberarm und zerrte mich hinter sich her. Ich wusste nicht, was sie vorhatte. Sie öffnete die Küchentür und wir hielten die Luft an, schleifte mich ins Bad, riss das Fenster auf und kletterte hindurch. Sprang. Völlig geschockt schaute ich ihr hinterher. Sie landete auf dem Flachdach eines alten, einstöckigen Hinterhauses. Zwischen beiden Gebäuden war eine Lücke von ein paar Metern. Ich schwang beide Beine über die Fensterbank, setzte mich und versuchte möglichst viel frische Luft zu schnappen. Springen konnte ich nicht.

„Los", rief Charlie und wedelte mit ihren Armen.

Es war zu hoch. Ich sah mich in der Tiefe zerschellen wie eine überreife Wassermelone. Charlie war vielleicht wendig und geschickt. Aber ich würde das nicht schaffen.

„Mach schon", rief sie wieder und stapfte mit dem Fuß ungeduldig auf.

Ich schaute in den schwarzen, mit grauen Rauchschwaden durchzogenen Himmel und war wie gelähmt. Hinter mir brannte die Bude.

„Ich kann das nicht", rief ich. „Es ist zu hoch."

„Red keinen Quatsch, Augen zu und durch", erwiderte Charlie.

Mein Körper fühlte sich schwer wie Blei an, unbeweglich, an der Fensterbank festgewachsen. Ich dachte an das kleine ungeborene Baby, das schon so viele Strapazen mit mir durchmachen musste. Ich war schwach, unentschlossen und verschroben. In keiner Position, um Verantwortung für ein anderes Lebewesen zu übernehmen. Der graue Sternenhimmel flackerte hin und her, als würde er noch die richtige Frequenz suchen. Lieber wäre ich in dieser Unendlichkeit verschwunden, stattdessen klebte die Schwerkraft an mir und lockte mich in den Abgrund.

Die Luft zum Atmen wurde immer weniger, mein innerer Widerstand mehr.

„Geh", rief ich Charlie zu, in der Hoffnung sie würde sich allein auf den Weg machen. Nicht dass irgendwelche Nomaden auf uns aufmerksam werden würden.

Doch sie schüttelte den Kopf. Ich konnte ihre Unruhe bis hierher fühlen. Wie sollte ich nur den Absprung schaffen? Wie macht man sowas? In einer Endlosschleife dieser Fragen war mein Gehirn hängen geblieben. Die Finger krallten sich am Fenstersims fest.

„Miera, ich schwöre ich komme jetzt da hoch und schubs dich runter!", schrie Charlie mir zu und machte sich daran, von dem Dach zu klettern. Sie sah sehr wütend aus.

In diesem Moment hielt ich die Luft an und stieß mich ab.

Die Welt war ein bisschen aus den Fugen geraten. Und ich hatte keine Zeit, hinterherzukommen und alles zu sortieren. Ich flog und landete auf dem harten Untergrund. Riss mir die Hände und Knie auf. Wir kletterten runter und rannten durch die Straßen, in denen verblutete Menschen lagen und Häuser brannten. Wir hielten uns an den Händen, um uns nicht zu verlieren und machten keine

Pause. In der Morgendämmerung fanden wir die
Gleise weit außerhalb der Stadt und folgten diesen
in den Norden. Wir hatten nichts zu essen, waren
übermüdet, mit Schürfwunden übersät und huste-
ten. Brachen auf in eine unbekannte Zukunft.